um corpo na neve

A. D. MILLER

um corpo na neve

Tradução de
MARIA JOSÉ SILVEIRA

1ª edição

Belo Horizonte

dezembro 2014

EDITORA RECORD
RIO DE JANEIRO • SÃO PAULO
2014

CIP-BRASIL. CATALOGAÇÃO NA FONTE
SINDICATO NACIONAL DOS EDITORES DE LIVROS, RJ

M592c Miller, Andrew, 1974-
       Um corpo na neve / Andrew Miller; tradução de Maria
       José Silveira. – 1ª ed. – Rio de Janeiro: Record, 2014.

       Tradução de: Snowdrops
       ISBN 978-85-01-09334-9

       1. Romance inglês. I. Silveira, Maria José. II. Título.

13-2198   CDD: 823
                                 CDU: 813.111-3

TÍTULO ORIGINAL EM INGLÊS:
Snowdrops

Copyright © A. D. Miller 2014

Direitos exclusivos de publicação em língua portuguesa somente para o Brasil
adquiridos pela
EDITORA RECORD LTDA.
Rua Argentina, 171 – Rio de Janeiro, RJ – 20921-380 – Tel.: 2585-2000,
que se reserva a propriedade literária desta tradução.

Impresso no Brasil

ISBN 978-85-01-09334-9

Seja um leitor preferencial Record.
Cadastre-se e receba informações sobre
nossos lançamentos e nossas promoções.

ABDR
ASSOCIAÇÃO BRASILEIRA DE DIREITOS REPROGRÁFICOS
CÓPIA NÃO AUTORIZADA É CRIME
RESPEITE O DIREITO AUTORAL
EDITORA AFILIADA

Atendimento e venda direta ao leitor:
mdireto@record.com.br ou (21) 2585-2002.

Fura-neve. 1. Planta europeia bulbosa de florescimento precoce, com flores brancas pendentes. **2.** *Gíria de Moscou.* Um cadáver que fica enterrado ou escondido pela neve durante o inverno, aparecendo apenas no degelo.

Para Arkady, Becky, Guy, Mark e
especialmente Emma.

Senti o cheiro antes de ver.

Havia um grupo de pessoas na calçada e na rua; a maioria policiais, alguns falando ao telefone, alguns fumando, alguns observando, alguns olhando para o outro lado. Da direção em que eu vinha, eles bloqueavam minha visão, e pensei que, com todos aqueles uniformes, deveria ser um acidente de trânsito ou talvez uma batida da imigração. Então, senti o cheiro. Era um cheiro parecido com o que se encontra ao chegar em casa após ter esquecido de tirar o lixo antes de sair de férias — maduro, mas ácido, forte o suficiente para bloquear os aromas normais do verão, de cerveja e de mudanças. Foi o cheiro que o entregou.

A mais ou menos 10 metros de distância, vi o pé. Só um, como se seu dono estivesse saindo muito lentamente de uma limusine. Ainda posso ver o pé agora. Estava usando um mocassim preto barato e, acima do sapato, havia uma faixa de meia cinzenta, e depois um vislumbre da carne esverdeada.

O frio o conservara, eles me disseram. Não sabiam há quanto tempo ele estava ali. Talvez por todo o inverno, um dos policiais especulou. Usaram um martelo, disse ele, ou possivelmente um tijolo. Não foi um trabalho bem-feito. Perguntou se eu queria ver o resto. Eu disse não, obrigado. Já havia visto e aprendido mais do que precisava durante o último inverno.

Você está sempre dizendo que nunca falo sobre o meu tempo em Moscou nem sobre porque saí de lá. Você está certa, eu sempre encontrei desculpas, e logo você entenderá o porquê. Mas você fica me perguntando, e, por algum motivo, tenho pensado sobre isso ultimamente — não posso evitar. Talvez seja porque estamos a apenas a três meses do "grande dia", e isso, de alguma forma, parece um tipo de ajuste de contas. Sinto que preciso falar com alguém sobre a Rússia, mesmo que doa. Também porque você provavelmente deveria saber, considerando que vamos nos comprometer um com o outro, e talvez até manter esse compromisso. Acho que você tem o direito de saber tudo. Achei que seria mais fácil escrever. Você não precisará se esforçar para parecer forte, e eu não precisarei observá-la.

Então, aqui está o que escrevi. Você queria saber como tudo terminou. Bem, esse foi quase o fim, aquela tarde do pé. Mas o fim começou realmente um ano antes, em setembro, no metrô.

Quando contei a Steve Walsh sobre o pé, aliás, ele disse: "Fura-neve. Seu amigo é um fura-neve." É como os russos os chamam, ele me disse — os corpos que aparecem com o degelo. Bêbados, a maioria deles, sem-tetos, que desistem e se deitam na brancura, e vítimas escondidas nos montes de neve por seus assassinos.

Fura-neve: a maldade que já está lá, sempre lá e muito perto, mas que, de alguma forma, as pessoas dão um jeito de não ver. Os pecados que o inverno esconde; algumas vezes, para sempre.

UM

Ao menos posso ter certeza do nome dela. Era Maria Kovalenko, Macha para os amigos. Ela estava na plataforma da estação de Ploshchad Revolyutisii, a praça da Revolução, quando a vi pela primeira vez. Pude ver seu rosto por cerca de cinco segundos antes que ela pegasse um pequeno espelho e o segurasse à sua frente. Com sua outra mão, colocou um par de óculos escuros que, me lembro de ter pensado, ela provavelmente acabara de comprar em um quiosque, em alguma passagem subterrânea por ali. Ela estava encostada em uma pilastra, perto do final da plataforma, onde ficam as estátuas de civis — atletas, engenheiros, mulheres camponesas de seios fartos e mães segurando bebês musculosos. Olhei para ela por mais tempo do que deveria.

Há um momento na Ploshchad Revolyutsii em que acontece um efeito visual quando você se transfere para a linha verde vindo daquela plataforma com as estátuas. Você se vê cruzando os trilhos do metrô por uma pequena passarela elevada e, de um lado, vê uma flotilha de lustres em forma de discos estendendo-se ao longo da plataforma e se distanciando na escuridão de onde surgem os trens. Do outro lado, você vê outras pessoas fazendo a mesma viagem, mas em uma passarela paralela; perto, mas separada. Quando olhei para a direita aquele dia, vi a garota com os óculos escuros caminhando na mesma direção.

Entrei no trem para a viagem de uma parada até Puchkinskaia. Fiquei em pé sob o painel amarelo e a antiga faïxa de luz que me faz sentir, toda vez que pego o metrô, como um figurante em algum filme paranoico de Donald Sutherland dos anos 1970. Em Puchkinskaia, subi pela escada rolante com suas lâmpadas fálicas, segurei a pesada porta de vidro do metrô para que a pessoa atrás de mim passasse, como costumo fazer, e me encaminhei para o labirinto de galerias sob a praça Puchkin. Então, ela gritou.

Ela estava cerca de 5 metros atrás de mim e, além de gritar, lutava com um homem magro, que tinha um rabo de cavalo e que tentava roubar sua bolsa (uma Burberry ostensivamente falsa). Ela pedia ajuda, e a amiga que tinha aparecido ao seu lado — Katia, descobri depois — só gritava. No começo, apenas olhei, mas o homem moveu o punho para trás, como se fosse socá-la, e escutei alguém berrando atrás de mim como se eles fossem fazer alguma coisa. Dei um passo à frente e puxei o magrelo pelo colarinho.

Ele desistiu da bolsa e girou os cotovelos contra mim, mas não me alcançou. Eu o soltei e ele perdeu o equilíbrio e caiu. Tudo acabou rapidamente e não consegui dar uma boa olhada nele. Era jovem, talvez um pouco mais baixo do que eu, e pareceu envergonhado. Deu um pontapé que me bateu inofensivamente na canela, e, levantando-se, desajeitado, saiu correndo, descendo pela passagem inferior e subindo as escadas na extremidade oposta, que levava a Tverskaia — a Oxford Street de Moscou, mas com estacionamentos ilegais, que desce da praça Pushkin para a praça Vermelha. Dois policiais estavam próximos da base da escadaria, mas eles estavam ocupados demais, fumando e procurando imigrantes para atormentar, para prestar atenção ao ladrão.

— *Spasibo* — disse Macha. (Obrigada.) Ela tirou os óculos escuros.

Ela usava jeans muito justos, enfiados nas botas de couro marrom que chegavam até os joelhos, e uma blusa branca com um botão aberto a mais do que o necessário. Sobre a blusa, vestia um daqueles engraçados casacos de outono da era Brejnev, que as mulheres russas sem muito dinheiro usam bastante. Se você os observa de perto, parecem feitos de carpete ou de toalha de praia, com gola de pelo de gato, mas, de longe, faziam a garota parecer uma armadilha sexual em um filme de suspense passado durante a Guerra Fria. Seu nariz era reto e ossudo, sua pele, pálida, e o cabelo, comprido e louro acastanhado; e, com um pouco mais de sorte, ela poderia estar sentada sob o teto folheado a ouro de algum restaurante excessivamente caro chamado Palácio do Duque ou Pavilhão de Caça, comendo caviar preto e sorrindo, indulgente, para um magnata do níquel ou um negociante de petróleo bem-relacionado. Talvez ela esteja em um desses restaurantes agora, embora eu, de alguma forma, ainda tenha minhas dúvidas.

— *Oi, spasibo* — disse sua amiga, agarrando os dedos da minha mão direita. A mão dela era quente e leve. Percebi que a garota dos óculos escuros tinha pouco mais de 20 anos, 23 anos talvez, mas a amiga parecia mais jovem, 19 anos ou talvez ainda menos. Ela usava botas brancas, minissaia cor-de-rosa que imitava couro e um casaquinho no mesmo tom. Tinha um nariz levemente arrebitado, cabelo louro e liso, e um daqueles sorrisos francamente convidativos das garotas russas, desses que vêm junto com um contato visual. Era um sorriso como aquele do Menino Jesus que vimos uma vez — você se lembra? —, naquela igreja de uma aldeia do litoral, depois de Rimini: o velho e sábio sorriso em um rosto jovem, um sorriso que diz *eu sei quem você é, eu sei o que você quer, eu nasci sabendo isso.*

— *Nichevo* — respondi. (Não foi nada.) E, ainda em russo, acrescentei: — Está tudo bem?

— *Vso normalno* — disse a garota dos óculos escuros. (Está tudo normal.)

— *Kharasho* — falei. (Bom.)

Sorrimos um para o outro. Meus óculos estavam enevoados com o calor fumegante presente no metrô o ano todo. Um dos quiosques da galeria, que vende CDs, tocava uma música folclórica, eu me lembro, com os versos engasgados de um daqueles cantores russos bêbados que parecem ter começado a fumar ainda no útero.

Em um universo paralelo, em outra vida, esse seria o fim da história. Nós nos despedimos, eu vou para casa naquela tarde e volto ao meu trabalho como advogado no dia seguinte. Talvez, nessa outra vida, eu ainda esteja lá, em Moscou, talvez tenha encontrado um novo emprego e ficado por lá, talvez nunca tenha voltado para casa e nunca tenha encontrado você. As garotas teriam seguido para quem quer e o que quer que fosse que não tivesse sido eu. Mas eu estava estimulado por aquele sentimento que se tem quando uma coisa arriscada acaba bem e pela empolgação por ter feito uma coisa boa. Uma proeza nobre em um lugar cruel. Eu era um pequeno herói, elas tinham me deixado ser, e eu estava grato.

A mais jovem continuava sorrindo; a mais velha só olhava. Era mais alta do que a amiga, 1,79m ou 1,82m, e, com seus saltos, seus olhos verdes estavam no nível dos meus. Eram olhos lindos. Alguém precisava dizer alguma coisa, e ela perguntou, em inglês, "De onde você é?".

— De Londres — respondi. Não sou de Londres, como você sabe, mas de um lugar perto o suficiente. Em russo, eu perguntei: — E vocês, são de onde?

— Agora moramos aqui em Moscou — disse ela. Eu estava acostumado com esse jogo de idiomas àquela altura. As garotas russas sempre dizem que querem praticar o inglês. Mas, às vezes, também querem fazer você sentir que está no controle; no país delas, mas a salvo na sua própria língua.

Houve outra pausa sorridente.

— *Tak, spasibo* — disse a amiga. (Então, obrigada.)

Nenhum de nós se mexeu. Então, Macha disse:

— Você está indo aonde?

— Para casa — respondi. — Para onde vocês estão indo?

— Estamos só passeando.

— *Poguliaem* — falei. (Vamos, então.)

E fomos.

* * *

Eram meados de setembro. É a época do ano que os russos chamam de "verão da vovó" — uma camada agridoce de um calor aveludado que costumava chegar depois que as mulheres camponesas traziam suas colheitas, e agora, em Moscou, isso significa a última oportunidade de beber nas praças e no Bulvar (a linda estrada antiga em volta do Kremlin, com alamedas entre as pistas, com gramados, bancos e estátuas de escritores famosos e de revolucionários esquecidos). É a melhor época para visitar a cidade, embora eu não tenha certeza de que faremos isso alguma vez. As bancas perto das estações de metrô colocavam à mostra pares de luvas feitas com uma imitação chinesa de couro, para o inverno prestes a chegar, mas ainda havia filas compridas de turistas esperando passar pelo bizarro túmulo de Lênin na praça Vermelha. Nas tardes quentes, metade das mulheres na cidade ainda vestia quase nada.

Subimos os degraus estreitos, saindo das passagens subterrâneas embaixo da praça e chegando à frente do supermercado armênio. Cruzamos as pistas de trânsito, cercadas com grades, até a calçada larga no centro do Bulvar. Havia apenas uma nuvem no céu, além de uma pluma de fumaça saindo de uma fábrica ou de alguma usina elétrica no interior da cidade, mal aparecendo contra o azul do começo

16

da noite. Estava lindo. No ar, o cheiro de gasolina barata, carne grelhada e luxúria.

A mais velha perguntou, em inglês:

— Qual é o seu trabalho em Moscou, se isso não for um segredo?

— Sou advogado — respondi, em russo.

Elas falaram entre si rapidamente, rápido e baixo demais para que eu entendesse.

A mais nova disse:

— Há quanto anos você está em Moscou?

— Quatro — respondi. — Quase quatro anos.

— Está gostando? — perguntou a garota dos óculos escuros. — Está gostando da nossa Moscou?

Eu disse que gostava muito, foi o que pensei que ela queria ouvir. A maioria delas tinha um tipo de orgulho nacional automático, eu descobri, ainda, que tudo o que queriam era se mandar dali para Los Angeles ou Côte d'Azur.

— E o que você faz? — perguntei em russo.

— Estou trabalhando em uma loja. De telefones celulares.

— Onde é a loja?

— Depois do rio — disse ela. — Perto da galeria Tretyakov. — Depois de alguns passos em silêncio, acrescentou: — Seu russo é lindo.

Ela exagerou. Eu falava russo melhor do que a maioria dos banqueiros aventureiros e dos consultores charlatães na cidade — os ingleses pseudosofisticados, americanos de dentes fortes, e escandinavos enganadores que vieram a Moscou pela corrida do ouro negro que, na maioria das vezes, davam um

17

jeito de se locomover com vinte palavras entre seus escritórios, apartamentos protegidos, prostíbulos pagos pelas empresas em que trabalham, restaurantes caros e o aeroporto. Eu era quase fluente, mas meu sotaque ainda me denunciava na metade da primeira sílaba. Macha e Katia devem ter me identificado como estrangeiro antes que eu abrisse a boca. Acho que era fácil. Era domingo e eu estava voltando para casa depois de uma desajeitada reunião de expatriados no apartamento de um contador solitário. Vestia meus jeans mais novos e botas de camurça, lembro-me, e um suéter escuro com gola em V, com uma camisa Marks & Spencer por baixo. As pessoas não se vestiam assim em Moscou. Qualquer pessoa com dinheiro comprava camisas como aquelas dos atores de cinema e sapatos italianos; e todos os sem dinheiro, que eram a maioria, usavam trajes contrabandeados do exército ou botas baratas da Bielorrússia e calças sem graça.

Macha, por outro lado, falava um inglês verdadeiramente lindo, ainda que sua gramática fosse duvidosa. Algumas mulheres russas se lançam em um tipo de agudo alto demais quando falam em inglês, mas o tom de voz dela se abaixava, quase até um rosnado, rolando avidamente sobre seus erres. Sua voz soava como se houvesse passado a noite em uma festa. Ou em uma guerra.

Caminhávamos em direção aos bares em forma de tenda que abrem para o verão no primeiro dia quente de maio, quando toda a cidade vai para a rua e tudo pode acontecer, e fecham em outubro, quando o verão da vovó termina.

— Me conte, por favor — falou a mais nova. — Minha amiga diz que na Inglaterra vocês têm dois...

Ela parou para conferir com sua amiga em russo. Eu escutei "quente", "fria", "água".

— Como se chama... — disse a mais velha — De onde a água vem? No banheiro?

— Torneiras.

— Sim, torneiras — continuou a mais jovem. — Minha amiga disse que na Inglaterra são duas torneiras. E que a água quente às vezes queimava a mão dela.

— *Da, eta pravda.* (Sim, é verdade.) Estávamos em um caminho no centro do Bulvar, perto de umas gangorras e escorregadores. Uma gorda *babushka* vendia maçãs.

— E é verdade — continuou ela — que em Londres tem sempre uma grande neblina?

— *Nyet* — respondi. — Cem anos atrás, sim, mas agora, não.

Ela olhou para o chão. Macha, a garota dos óculos escuros, sorriu. Quando penso no que gostei nela naquela primeira tarde, à parte o longo e firme corpo de gazela, e a voz, e seus olhos, foi a ironia. Tinha um ar que sugeria saber como tudo terminaria e quase desejar que eu também soubesse. Talvez seja apenas como me parece agora, mas, de certa forma, acho que ela já estava se desculpando. Acho que, para ela, as pessoas e suas ações estavam, de alguma forma, separadas — como se você pudesse enterrar o que quer que tenha feito e esquecer, como se seu passado pertencesse a outro alguém.

Chegamos à esquina da rua onde eu morava. Eu tinha aquela sensação bêbada que, antes de você, sempre me acometia quando na companhia de mulheres bonitas — meio nervoso, meio ousado, como se eu estivesse atuando, como se estivesse vivendo a vida de outra pessoa e precisasse aproveitá-la ao máximo enquanto pudesse.

Fiz um gesto e disse:

— Eu moro ali. — Então, escutei a mim mesmo dizendo: — Vocês gostariam de subir para tomar um chá?

Você achará que isso soa ridículo, eu sei; eu, dando uma cantada dessas. Mas, poucos anos antes, quando estrangeiros ainda eram considerados algo exótico em Moscou e um advogado tinha um salário que merecia ser aceito, isso poderia funcionar. Isso *tinha* funcionado.

Ela recusou.

— Mas você pode nos ligar — sugeriu ela —, se estiver interessado. — Ela olhou para a amiga, que pegou uma caneta em um bolso sobre o seio esquerdo e escreveu o número de um telefone no verso de um bilhete de ônibus. Ela o estendeu para mim e eu o peguei.

— Meu nome é Macha — disse ela. — Esta é Katia. Ela é minha irmã.

— Eu sou Nick.

Katia se inclinou para mim em sua saia cor-de-rosa e beijou meu rosto. Sorriu o outro sorriso que elas têm — o sorriso asiático que não significa nada. Afastaram-se, caminhando pelo Bulvar, e eu as observei por mais tempo do que deveria.

* * *

O Bulvar estava cheio de bêbados e de pessoas dormindo ou se beijando. Grupos de adolescentes se amontoavam em torno de guitarristas agachados. Ainda estava quente o suficiente para que todas as janelas dos restaurantes na esquina da minha rua estivessem abertas, ventilando a multidão de minigarcas — pequenos oligarcas — e as putas comuns que costumavam se reunir ali no verão. Eu precisava andar pela rua para evitar a comprida e monótona sequência de Mercedes pretos e de Hummers que enchiam as calçadas. Virei para minha rua e andei ao longo da lateral da igreja mostarda em direção ao meu apartamento.

Imagino que, na verdade, poderia até ter sido em outro dia — talvez a imagem apenas pareça pertencer ao encontro no metrô e, portanto, eu as lembro juntas —, mas, na minha mente, foi na mesma noite em que notei pela primeira vez o velho Zhiguli. Ele estava no mesmo lado da rua, feito sanduíche entre duas BMWs, como um fantasma da antiga Rússia ou a resposta para um quebra-cabeça do tipo "qual elemento não pertence a esse grupo". Parecia um desenho de carro feito por uma criança: uma caixa sobre rodas, com outra caixa por cima, na qual a criança poderia acrescentar um motorista esticado na direção e faróis redondos e bobos nos quais, se estivesse se sentindo exuberante, a criança poderia colocar pupilas para fazê-los parecer olhos. Era o tipo de carro que a maioria dos homens de Moscou desejara comprar por metade de suas vidas, ou pelo menos é o que sempre contavam, economizando e cobiçando e colocando seus nomes em listas de espera para conseguir um, tudo para descobrir — depois que o muro caiu, eles tinham a América na TV e seus compatriotas mais bem conectados conseguiam importar os últimos modelos — que mesmo seus sonhos tinham sido miseráveis. Era difícil ter certeza, mas antes, provavelmente, esse teve uma cor laranja enferrujada. Tinha lama e gasolina sujando as laterais, como um tanque de guerra depois de uma batalha — uma crosta escura que, sendo franco consigo mesmo, você saberia que era como seu avesso pareceria depois de alguns anos em Moscou, e talvez também sua alma.

A calçada que continuava até minha entrada tinha sido abandonada para se dissolver pela rua, como as calçadas russas tendem a fazer. Passei pelo pátio da igreja e pelo Zhiguli até meu prédio, digitei meu código no interfone e entrei.

Eu morava em um dos blocos de apartamentos que foram construídos como mansões um pouco antes da Revolução Russa, por comerciantes ricos que logo perderiam tudo. Como a própria cidade, o prédio sofrera tanto que parecia vários prédios diferentes misturados. Um elevador feio havia sido instalado do lado externo e um quinto andar fora adicionado no alto, mas com o rebuscado trabalho em ferro das escadarias mantido. A maioria das portas dos apartamentos era de aço que resistiria até a machadadas, mas tinha sido embelezada com um tipo de almofadado de couro — uma moda que algumas vezes dava a impressão de que toda a Moscou rica era um asilo de baixa segurança. No terceiro andar, o cheiro de cocô de gato e os berros de uma sinfonia russa de enlouquecer emergiam do apartamento do meu vizinho, Oleg Nikolaevich. No quarto andar, girei as três fechaduras da minha porta almofadada e entrei. Fui até a cozinha, sentei-me à minha pequena mesa de solteiro e tirei o bilhete de ônibus com o telefone de Macha da carteira.

Na Inglaterra, antes de você, eu só tive uma coisa com uma mulher que se poderia chamar seriamente de relacionamento. Você sabe sobre ela, acho — Natalie. Nós nos conhecemos na universidade, embora não tenhamos pensado um no outro como casal até uma festa de aniversário cheia de bêbados em algum lugar em Shoreditch. Acho que nenhum de nós tinha energia para terminar o caso, e seis ou sete meses mais tarde ela se mudou para meu velho apartamento sem que eu realmente concordasse ou discordasse. Não fiquei exatamente aliviado quando ela se mudou outra vez, dizendo que precisava pensar e querendo que eu também pensasse, mas tampouco fiquei devastado. Nós perdemos o contato mesmo antes que eu fosse para Moscou.

Houve algumas garotas russas que apareciam no caminho para se tornar namoradas, mas nenhuma delas durou mais que um verão. Uma se frustrou porque eu não tinha nem compraria as coisas que ela queria e esperava: um carro, um motorista para acompanhar o carro, um desses cachorrinhos idiotas que elas arrastam pelas lojas sofisticadas das alamedas fechadas perto do Kremlin. Houve outra, acho que seu nome era Dacha, que depois da terceira noite que dormiu em meu apartamento começou a esconder coisas no guarda-roupa e no pequeno armário sobre a pia do banheiro: um lenço, uma garrafa vazia de perfume, bilhetes que diziam "Eu também te amo" em russo. Eu perguntei a Steven Walsh sobre isso (você se lembra de Steve, o correspondente estrangeiro devasso — você estava comigo quando o encontrei no Soho uma vez e não gostou dele). Steven me disse que ela estava marcando o território, deixando que qualquer outra que eu trouxesse para casa soubesse que ela havia chegado antes. Naquele setembro, você devia ser cuidadoso sobre com quem andava em Moscou — por causa da AIDS, mas também porque homens estrangeiros iam a boates, encontravam garotas e deixavam seus drinques na mesa enquanto iam dar uma mijada. Acordavam sem suas carteiras, no banco de trás de táxis em que não se lembravam de ter entrado ou com a cara em poças, ou, uma vez ou duas, provavelmente quando tomavam a dose errada, nem sequer despertavam.

Eu nunca encontrei o que pessoas como meu irmão tinham, o que minha irmã pensava que tinha até descobrir que não tinha, o que você e eu estamos nos comprometendo a ter agora: o contrato, a decisão, o mesmo e único corpo sempre — e, em troca de tudo isso, o apoio, os apelidos e o cafuné nas noites em que você tem vontade de chorar. Eu sempre pensei que não queria isso, nunca, e, para lhe dizer a verdade, que poderia ser uma das pessoas que são mais felizes sem tudo isso. Acho que talvez meus pais tenham me desencantado da coisa toda — começando cedo demais, espancando os filhos sem realmente pensar sobre isso, esquecendo o que quer que os tenha feito gostar um do outro no começo. Àquela altura, me parecia que minha mãe e meu pai estavam apenas esperando a coisa passar; dois cachorros velhos presos no mesmo canil, mas exaustos demais para continuar brigando. Em casa, eles assistiam à televisão o tempo todo para não precisarem falar um com o outro. Tenho certeza de que, nas raras ocasiões que iam a algum restaurante, eram um daqueles casais tristes que às vezes a gente vê, mastigando juntos e em silêncio.

Mas quando conheci Macha naquele dia de setembro, pensei, de alguma maneira, que poderia ser ela "aquela" que eu não estava procurando. Essa louca chance parecia maravilhosa. Sim, era uma coisa física, mas não só isso. Talvez tenha sido apenas o momento certo, mas eu imediatamente soube que poderia ver seu cabelo caindo sobre um roupão felpudo enquanto ela fazia o café, imaginá-la com sua cabeça dormindo encostada em mim em um avião. Se fosse para ser rude com você, imagino que eu quase poderia dizer que estava "me apaixonando".

O perfume dos choupos se insinuava pela janela aberta da minha cozinha junto com o som de sirenes e de vidros se quebrando. Uma parte de mim desejava que ela fosse meu futuro; outra queria que eu fizesse o que deveria ter feito e jogasse o bilhete com o número de telefone pela janela da cozinha, para o ar rosado e cheio de promessas do começo da noite.

DOIS

Liguei para ela no dia seguinte. Na Rússia, eles não usam muito o falso autocontrole, a espera hipócrita e as dissimulações, todo o joguinho de guerra dos relacionamentos que você e eu jogamos em Londres — e, de qualquer maneira, acho que não conseguiria evitar. Deixei uma mensagem com o número do meu telefone celular e meu contato no escritório.

Não tive notícias por três semanas e quase consegui parar de pensar nela. Quase. Ajudou que eu estivesse ocupado no trabalho, como todos os advogados ocidentais em Moscou naquela época. A grana estava jorrando do chão na Sibéria e, ao mesmo tempo, outra enchente de dinheiro entrava. Uma nova raça de conglomerados russos desmembrava freneticamente uns aos outros, e os bancos estrangeiros lhes emprestavam os bilhões que precisavam para fazer suas aquisições. Os banqueiros e os homens de negócios russos vinham aos nossos escritórios para determinar suas condições: os banqueiros com suas camisas de punho duplo e os sorrisos esbranquiçados, os petroleiros de pescoços grossos, ex-KGB, com seus paletós apertados, e nós, dando conta da burocracia envolvendo os empréstimos e pegando nossa pequena parte. O escritório ficava em uma torre bege denteada, na praça Paveletskaia, um prédio que ainda não havia atingido completamente o ar de riqueza polida que seu arquiteto desejou, mas que era, de qualquer maneira, a casa diurna com ar-condicionado de metade dos expatriados em Moscou. Do outro lado da praça, ficava a estação de trem Paveletski, o lugar dos bêbados e dos fracassados e de crianças que cheiravam cola; pobres desgraçados sem esperanças que haviam caído da corda bamba russa. A estação e a torre olhavam uma para a outra, de cada lado da praça, como exércitos desiguais antes de uma batalha.

Havia uma secretária nova e esperta no escritório, chamada Olga, que usava terninhos justos e chegara, acho, de Tatarstan, e que a essa altura, tenho certeza, deve dirigir uma empresa de importação de cachimbos ou de distribuição de batons, vivendo o novo sonho russo. Seus olhos eram de um castanho profundo e suas maçãs do rosto eram sensacionais, e tínhamos uma brincadeira de como eu lhe mostraria Londres e o que ela me mostraria em troca.

Então, por volta de meados de outubro, Macha ligou, e, com sua voz rosnada, perguntou-me se eu gostaria de jantar com ela e com Katia.

— Bom dia, Nicholas — disse ela. — Aqui é Macha.

Evidentemente, ela não achou que precisava dizer qual Macha, e estava certa. Senti um calor no pescoço.

— Olá, Macha, como você está?

— Estou bem, obrigada, Nicholas. Por favor, me diga o que você faz essa noite?

São engraçados, você não acha, esses primeiros telefonemas, quando você conversa com a nova pessoa que está morando na sua cabeça, embora realmente ainda não a conheça? Esses momentos desengonçados que podem ser decisivos na sua vida, que podem ser tudo ou nada.

— Nada — respondi.

— Nós estamos te convidando para jantar. Você conhece o restaurante que se chama Mechta Vostoka?

"Sonho do Oriente". Eu conhecia. Era um dos lugares caucasianos cafonas que boiavam sobre grandes plataformas atracadas no rio em oposição ao parque Gorki — o tipo de sugestão que faria você torcer o nariz em Londres, mas que em Moscou significa caminhadas de verão ao longo do ancoradouro, vinho tinto caucasiano, nostalgia de outras pessoas pelos feriados soviéticos ensolarados, danças idiotas e liberdade. Ela disse que reservaram uma mesa para oito e meia da noite.

* * *

Foi no mesmo dia, na mesma tarde, dessa vez estou certo de que foi, que conheci o Cossaco. Ele apareceu no nosso escritório, no nono andar da torre em Paveletskaia, com seu sorrisinho afetado.

Fomos instruídos para trabalhar para um consórcio de bancos ocidentais em um empréstimo de 500 milhões de dólares, a ser entregue em três prestações e pago a uma alta taxa de juros. Quem pedia o dinheiro emprestado era uma *joint venture* envolvendo uma empresa de logística da qual nunca ouvíramos falar e a Narodneft. (Talvez você se lembre de ter lido sobre a Narodneft: é a gigantesca empresa estatal de energia, que engolira os ativos que o Kremlin arrancara à força das oligarquias, usando falsas ações judiciais e impostos inventados.) Juntos, eles propunham construir um terminal de petróleo flutuante em algum lugar no mar de Barents — não prestei muita atenção na geografia, para ser sincero, pelo menos não até finalmente ir até lá. O plano era converter um gigantesco navio-tanque soviético para que ficasse estacionado no oceano, com um oleoduto saído da praia para abastecê-lo com petróleo.

A Narodneft estava se preparando para listar um bocado das suas ações em Nova York e precisava que sua contabilidade parecesse saudável. Então, para manter os passivos do projeto fora do balanço, a administração encontrou um sócio e montou uma empresa para dirigi-lo. A empresa foi registrada nas Ilhas Virgens Britânicas. O testa de ferro era o Cossaco.

A verdade é que gostei do Cossaco, pelo menos no começo, e acho que, à sua maneira, ele também gostou de mim. Algo nele era agradável — o hedonismo sem embaraço, talvez, ou o banditismo *blasé*. Talvez seja melhor dizer que eu o invejava. Ele era verticalmente pequeno, mais ou menos 1,70m, uns 15 centímetros mais baixo do que eu, com uma franja de garoto, um terno de 10 mil dólares e o sorriso de um assassino. Era prazer e ameaça em partes iguais. Não trazia nada consigo quando saiu do elevador — nem pasta, nem documentos, nem advogados —, exceto um segurança com formato de tanque e cabeça angular, com cabelos raspados em forma de torre.

Eu tinha feito um memorando para o acordo, um tipo de contrato preliminar, que o Cossaco precisava assinar em nome da sua *joint venture*. Enviamos uma cópia por fax aos seus advogados alguns dias antes: o banco líder se comprometia a reunir o dinheiro, atraindo outros bancos para dispersar os riscos, enquanto o Cossaco prometia não o tomar emprestado com ninguém mais. Nós o conduzimos para a sala de reunião, cercada por paredes de vidro, em um canto do nosso escritório que era todo aberto. Nós éramos eu, meu chefe, Paolo e Sergei Borisovich, um dos animados jovens russos do nosso departamento corporativo. Paolo estava nos quarenta e tantos, mas era ainda esbelto e agradável como os italianos de meia-idade conseguem ser, com pitorescos cabelos brancos em um lado da cabeça e uma esposa que ele evitava ao máximo. No começo dos anos 1990, ele havia despertado uma manhã em sua confortável cama milanesa sentindo o cheiro da grana que soprava do leste, seguiu-o e ficou por tempo demais. Sergei Borisovich era baixo, com um rosto de batata perplexo. Terminara de aprender seu inglês em um intercâmbio na Carolina do Norte, mas começara com a MTV, e sua palavra favorita ainda era "extremo".

Passamos o documento para o Cossaco. Ele virou a primeira página, voltou-a outra vez, empurrou a pasta, sentou-se para trás na cadeira e encheu as bochechas de ar. Olhou em torno como se esperasse alguma coisa — um show de *striptease*, talvez, ou uma punhalada. Do outro lado do rio Moscou, os domos azuis e dourados do monastério Novospasski piscavam para nós pela janela do nono andar. E então ele começou a fazer piadas.

O Cossaco tinha um daqueles sensos de humor que são realmente um tipo de conflito armado. Rir das suas piadas nos fazia sentir culpados; não rir nos fazia sentir ameaçados. Seus inquéritos sempre pareciam um prelúdio para uma chantagem.

Ele nos contou que era um cossaco; de Stavropol, acho, ou de algum lugar lá pelo sul. Nós sabíamos o que eram os cossacos? A missão histórica deles, explicou, era manter os "negros" quietinhos no sovaco da Rússia. Por que não subíamos até o local do terminal petroleiro, seu novo posto, para visitá-lo? Ele nos apresentaria à hospitalidade cossaca.

— Talvez um dia — respondeu Paolo. Eu disse que tinha uma esposa em Moscou que não gostava que eu me afastasse. Por isso sei que definitivamente foi no mesmo dia do meu jantar com Macha e Katia: porque me lembro dessas palavras, como eu as pronunciei, parecerem apenas três quartos de uma mentira, talvez apenas uma mentira temporária.

— Bem — disse o Cossaco em russo —, você pode ter duas esposas, uma em Moscou e uma no Ártico.

Ele fumava um cigarro mostrando os dentes. Depois, assinou o memorando sem olhá-lo, arrotou e sorriu. Nós acompanhamos ele e seu segurança até o elevador. Quando se despediu, tornou-se abruptamente sombrio:

— Pessoal — disse ele enquanto apertava nossas mãos —, isso é especial. A Rússia agradece a vocês.

— Batom num porco — disse Paolo enquanto as portas se fechavam. Era o que ele costumava dizer quando lidávamos com homens de negócio não domesticados, como o Cossaco — o tipo de negócio que, cá entre nós, significava metade da nossa renda naqueles dias e que nem nossos contratos limpos, compromissos, fianças e declarações conseguiam perfumar completamente. Parecia imundo, às vezes, como um tipo de lavagem legal de dinheiro. Eu me dizia que tudo aconteceria sem nós de qualquer maneira, que éramos apenas os homens que faziam a ligação, que não éramos nós que bancávamos o que quer que os russos fariam com os empréstimos. Nosso trabalho era apenas nos certificar de que nossos clientes teriam seu dinheiro de volta no final. A evasiva usual dos advogados.

— Batom num porco — concordei.

— Extremo — disse Sergei Borisovich.

Passei o resto da tarde num daqueles torpores distraídos que às vezes nos dominam quando temos uma entrevista de emprego ou uma consulta médica ameaçadora e assentimos e respondemos automaticamente quando as pessoas falam conosco, mas realmente não escutamos. Aqueles dias em que seu relógio parece demorar uma era preguiçosa entre cada minuto e ainda há tanto tempo à frente e tão pouco passou desde a última vez em que você olhou. E então, no final, quando você de repente fica nervoso e quer desistir, o tempo se apressa e é agora. Mais ou menos às seis da tarde fui para casa para tirar meu terno careta e limpar o banheiro, só para garantir.

| TRÊS

Nessa época, antes que começasse a evitá-lo, eu via meu vizinho Oleg Nikolaevich quase todos os dias. Em geral, eu o encontrava no patamar do andar do seu apartamento quando subia ou descia as escadas, fingindo que não estava esperando por mim. Eu gostava de conversar com ele quando me mudei e não conhecia quase ninguém em Moscou. Ele era paciente com minha mistura entre russo e inglês e me dava bons conselhos sobre as partes da cidade que eu devia evitar. Depois, quando me estabeleci, não me custava muito conversar por alguns minutos com ele. Eu sentia que lhe devia isso e, de vez em quando, era interessante.

Oleg Nikolaevich vivia sozinho, com exceção do seu gato. Tinha cavanhaque branco e pelos nos ouvidos. Ele me contou uma vez que era editor de um jornal literário, mas eu não tinha certeza se a publicação ainda existia. Ele era um daqueles cuidadosos caranguejos russos que se agarram ao fundo do oceano e sabem quando se esconder e quando ficar quieto, ficando fora de perigo e tentando não colocar ninguém em perigo. Era velho e solitário. Estava flanando no seu andar, usando um cachecol artístico de seda, quando saí para jantar no Sonho do Oriente.

— Boa noite, Nikolai Ivanovich — disse ele em russo. — Como anda a vida de um advogado?

Era assim que Oleg Nikolaevich me cumprimentava. Depois que descobriu que o nome do meu pai era Ivan, passou a me chamar de Nikolai Ivanovich, que era como eu me chamaria se fosse russo. Você chama as pessoas pelo nome do pai e pelo nome próprio até se tornar íntimo, e para sempre em se tratando dos mais velhos e dos seus chefes. Como ninguém me chamava assim, eu gostava disso, que implicava em uma aceitação da minha presença, assim como uma cortesia da velha escola. Respondi que andava muito bem e perguntei como ele estava.

— *Normalno* — respondeu. (Normal.)

Eu lhe pedi que, por favor, me perdoasse, porque eu estava com muita pressa. Acho que deve ter ficado óbvio o tipo de pressa. Eu estava encharcado em loção pós-barba — a mesma que ainda uso algumas vezes, que você acha que tem cheiro de mijo de cavalo — e vestia uma camisa turquesa vistosa que normalmente reservo para casamentos. Tinha feito um truque desaconselhável para alisar meu cabelo.

— Nikolai Ivanovich! — disse ele, levantando um único dedo peludo. Eu sabia que um dos provérbios russos que ele amava estava a caminho. — O único lugar onde há queijo grátis é a ratoeira.

Os odores de pelo de gato, enciclopédias decadentes e salsichas envelhecidas escaparam do seu apartamento e me acompanharam enquanto eu me apressava a descer a escada, dois degraus por vez.

* * *

Se fechar os olhos, posso assistir àquela noite inteira dentro das minhas pálpebras, como se ela tivesse sido preservada em um daqueles antigos filmes domésticos granulados dos anos 1970.

Escurecia quando saí de casa e dava para sentir no ar frio que choveria. Enquanto me dirigia para o Bulvar, vi dois homens sentados no Zhiguli laranja. Não eram o tipo de homem que uma criança desenharia depois de desenhar um carro. Meu olhar passou por um deles e foi rapidamente desviado, como se faz em Londres e especialmente em Moscou, onde sempre se vê coisas em galerias e em estacionamentos ou passagens subterrâneas antes que se perceba que é melhor não olhar. Apressei-me até a esquina para procurar um táxi. O segundo ou terceiro carro parou para meu braço estendido. (Nunca tive um carro na Rússia. Quando cheguei, Paolo me disse para começar a dirigir imediatamente, porque se eu esperasse para me familiarizar com a anarquia, o gelo e os agentes de trânsito nas ruas, eu nunca dirigiria, e ele estava certo. Mas o sistema não oficial de táxis é um modo surpreendentemente seguro de se locomover, contanto que você obedeça a duas regras simples: não entre se o motorista tiver um amigo com ele e nunca se ele estiver mais bêbado que você.

Meu motorista naquela noite eu acho, era da Geórgia. Tinha duas miniaturas pregadas em seu painel, pequenas Nossas Senhoras, que sempre me fizeram sentir mais seguro e mais vulnerável ao mesmo tempo — com menos chances de ter minha garganta cortada, mas sabendo que minha vida poderia estar nas mãos de alguém que pensava que olhar pelo espelho retrovisor ou frear eram preocupações de Deus e não dele. Puxei o cinto de segurança, provocando um alerta severo sobre os perigos de usá-lo e as garantias sobre seu modo de dirigir. Ele era um refugiado de uma daquelas pequenas guerras imundas que explodiram no Cáucaso quando o Império do mal entrou em colapso, guerras sobre as quais nunca ouvira falar até pegar táxis em Moscou. Ele começou a falar sobre o assunto enquanto mergulhávamos no túnel sob o engarrafamento constante da Novy Arbat (uma avenida brutalmente larga, com butiques e cassinos) e depois passamos aceleradamente pela estátua de Gogol. Quando alcançamos a estação de metrô Kropotkinskaya, o rio e a réplica da catedral que eles ergueram ali às pressas nos anos 1990, suas mãos estavam fora do volante, imitando o que alguém havia feito com as partes do corpo de outra pessoa.

Por fim, ele entrou no embarcadouro. Eu lhe dei os cem rublos que combinamos, mais uma gorjeta de 50 rublos por causa do meu coração mole, e corri, atravessando o tráfego até a margem do rio. Através do chuvisco que começava a cair, eu podia ver a brancura do foguete e as voltas da raquítica montanha-russa do parque Gorki, do outro lado da água escura. Enquanto eu atravessava a pequena prancha de embarque para o restaurante flutuante, lembro-me de ter visto um homem com roupas de nadar justas saindo do rio pela plataforma seguinte.

O restaurante tinha aquele alarido ensurdecedor usual, com todos se esforçando para ser ouvidos pelos demais. Um grupo musical vestindo o berrante traje nacional interpretava Sinatra com um toque azeri. Fui interceptado por uma garçonete e disse a ela que encontraria uma pessoa ali, mas, ao fazer isso, percebi que não sabia com que nome Macha faria a reserva ou se ela realmente se chamava Macha, e, por um momento, pensei *o que estou fazendo aqui nesse país maluco com minha camisa turquesa? Sou velho demais para isso, tenho 38 anos, sou de Luton.* Então, vi as duas acenando para mim no fundo do restaurante, a parte decorada para parecer um galeão medieval. Elas se levantaram para me cumprimentar enquanto eu ziguezagueava pelo salão.

* * *

— Olá, Nicholas — disse Katia, em inglês.

O contraste sempre foi perturbador. Sua voz soava como se pertencesse a uma colegial ou a uma personagem de desenho animado, e, mesmo assim, ali estavam as longas pernas dentro de botas de couro branco, nuas desde o joelho até a barra de uma daquelas curtas saias xadrez que uma líder de torcida ou uma garçonete do Hooters usaria. Seu cabelo louro caía sobre os ombros. Para muitos homens, eu sei, ela teria sido a atração principal, mas, para mim, era apenas um pouco nova demais, um pouco óbvia demais. Ela ainda os experimentava, o caminhar, o cabelo e as curvas; ainda descobria até onde eles poderiam levá-la.

— Olá, Nikolai — disse Macha. Ela usava uma minissaia que tinha quase o tom da minha camisa e um comparativamente recatado blusão preto, com capuz. Batom e rímel, mas não tão exageradamente como algumas outras. Unhas vermelhas como sangue.

Sentei-me na frente delas. Na mesa atrás de mim, havia meia dúzia de empresários barulhentos e, com eles, sete ou oito mulheres que poderiam ser suas filhas, mas não eram.

Naturalmente, não havia muito a dizer.

Olhamos os cardápios por mais tempo do que era necessário, com suas listas infindáveis de carnes e molhos (e junto a elas duas colunas de números: os preços e, como na maioria dos restaurantes em Moscou, o peso dos ingredientes de cada prato, um detalhe explícito que deveria assegurar aos comensais de que eles não estavam sendo extorquidos. Lembro-me de como meus olhos involuntariamente pararam nos preços do Shashlik Royale e Sea Surprise. A solteirice pode tornar a pessoa frugal, mesmo quando se tem dinheiro.

— Então, Kolia — disse Macha finalmente, em inglês, usando um daqueles diminutivos russos graciosos. — Por que você vem para nossa Rússia?

— Vamos falar russo — sugeri. — Acho que será mais fácil.

— Por favor — pediu Katia —, precisamos praticar nosso inglês.

— Tudo bem — respondi. Não fui ao Sonho do Oriente para discutir com elas. Depois disso, praticamente nos ativemos ao inglês, exceto quando estávamos com outros russos.

— *Tak* — disse Katia. — Então, por que para a Rússia?

Dei a resposta fácil usada sempre que me faziam essa pergunta:

— Eu queria uma aventura.

Isso não era exatamente verdade. A razão, hoje eu entendo, é que me vi entrando na fase de desapontamentos dos 30 e tantos anos, a época em que o ímpeto e a ambição começam a enfraquecer e os pais dos nossos amigos começam a morrer. O tempo do "isso é tudo?". Pessoas casadas que eu conhecia em Londres começavam a se divorciar, e as pessoas solteiras adotavam gatos. Algumas começavam a correr maratonas ou a se tornar budistas. No seu caso, acho que foram aqueles seminários evangélicos enganadores dos quais uma vez você me disse ter participado umas duas vezes antes de nos conhecermos. A verdade é que a firma me perguntou se eu iria para Moscou; só por um ano, disseram, talvez dois. Seria um atalho para me tornar sócio, eles insinuaram. Eu respondi que sim e fugi de Londres e de já não ser jovem.

Elas sorriram.

— Minha firma pediu que eu viesse para o escritório de Moscou. Era uma boa oportunidade — continuei. — E também sempre quis vir à Rússia. Meu avô esteve aqui durante a guerra.

Essa parte era verdade, como você sabe. Eu não o conheci propriamente, mas se falava das suas ações na guerra a toda hora quando eu era criança.

— Onde seu avô serviu? — perguntou Macha. — Ele era espião?

— Não — respondi. — Era um marinheiro. Ele viajava nos comboios... Vocês sabem... Os navios que traziam suprimentos da Inglaterra para a Rússia. Ele viajou nos comboios para o Ártico. Para Arkhangelsk e Murmansk.

Macha se inclinou e murmurou alguma coisa para Katia, que eu achei ser uma tradução.

— Verdade? — disse ela. — Não está brincando? Ele esteve em Murmansk?

— Sim. Mais de uma vez. Ele teve sorte. Seu navio nunca foi atacado. Eu acho que ele queria voltar à Rússia depois da guerra, mas eram os tempos dos sovietes e não foi possível. Meu pai me contou tudo isso... meu avô morreu quando eu era criança.

— Isso é interessante para nós — disse Katia. — Porque somos dessa cidade. Murmansk é nosso lar.

Nesse momento, o garçom chegou para anotar nossos pedidos. Elas pediram *shashlik* de esturjão. Eu pedi cordeiro, um pouco das panquecas azeri que eles recheavam com queijo e ervas, os pequenos rolinhos de berinjela com uma mistura de nozes, um pouco de molho de romã e meia garrafa de vodca.

Naquele momento, meu avô ter estado na cidade natal delas pareceu uma coincidência ou um indício importante. Perguntei por que a família delas viveu lá em cima. Eu sabia que Murmansk tinha sido uma das cidades militares especiais e restritas, onde você só ia parar se tivesse um motivo ou se outra pessoa tivesse um motivo para você.

Macha me olhou nos olhos e bateu algumas vezes com as unhas vermelhas da mão direita sobre o ombro. Achei que eu deveria dizer ou fazer alguma coisa em resposta, mas não sabia o quê. Depois de alguns segundos, também dei tapinhas com minha mão em meu ombro. Elas riram; Macha jogando a cabeça para trás, Katia dando umas daquelas risadinhas envergonhadas e reprimidas que podem te livrar de apuros na escola quando você brinca na hora da aula.

— Não — disse Macha. — Como se chama essa coisa que os homens no exército têm? — Ela deu tapinhas no ombro outra vez.

— Dragonas? — respondi.

— Quando um russo faz isso — disse ela, ainda batendo no ombro —, significa homem que está no exército ou pode ser policial ou alguma coisa.

— Seu pai?

— Sim — disse ela. — Ele era marinheiro. O pai dele também era marinheiro. Como seu avô.

— Isso — confirmou Katia. — Nosso avô também estava lutando perto dos comboios. Talvez eles estavam conhecendo um ao outro.

— Talvez — falei.

Nós sorrimos. Nós nos mexemos, inquietos. Olhei para Macha, e para o outro lado quando ela me flagrou olhando, aquela coisa gato e rato de um primeiro encontro. Atrás das garotas, através das janelas embaçadas e da chuva que começara a cair no rio, eu só conseguia distinguir as trilhas tranquilas do parque e a ponte Krimski, e, mais adiante, o brilho da ridícula estátua gigante de Pedro, o Grande, que se ergue no rio perto da fábrica de chocolates Outubro Vermelho.

Perguntei a elas sobre como foi crescer em Murmansk. É claro que foi difícil, disse Macha. É claro que não era como

Moscou. Mas, no verão, era claro o tempo todo e você podia andar pela floresta no meio da noite.

— E temos uma dessas! — disse Katia, apontando a armação da roda-gigante no parque Gorki. Ela sorriu outra vez e me pareceu uma garota inocente e inofensiva, para quem uma roda-gigante era como a Disneylândia.

— Mas — falou Macha —, era caro demais passear na roda-gigante. Quando eu era pequena, nos anos 1980, durante Gorbachev, só podia olhar para a roda. Eu achava que era bonita demais.

— Por que saíram de lá? Por que vieram para Moscou? — perguntei.

Achei que já sabia a resposta. A maioria das garotas russas vinha para a cidade grande tendo apenas dinheiro suficiente para parecer bonita por algumas semanas, enquanto dormiam no chão do apartamento de alguém e tentavam encontrar um emprego ou, idealmente, um homem que pudesse levá-las para viver depois das grades elétricas da *elitny* Rublovskoe Chosse. Ou talvez, se fosse casado, ele a instalaria em um apartamento ao redor de Patriarchie Prudi — o lago do Patriarca: a Hampstead de Moscou, apenas com mais armas automáticas —, onde ele a incomodaria somente duas vezes por semana e deixaria que ela ficasse com o lugar quando enjoasse dela. Naqueles dias, garotas desesperadas com pernas longas eram o principal produto russo, além do petróleo. Você podia comprá-las pela internet estando em Leeds ou em Minneapolis.

— Por causa de família — disse Macha.

— Seus pais mudaram para Moscou?

42

— Não — disse ela. — Eles ficaram em Murmansk. Mas eu tive que mudar.

Ela fez outro gesto, que dessa vez entendi. Levantou a mão e moveu rapidamente o dedo indicador pelo lado do pescoço branco. Bebida. O gesto de toda a Rússia para a bebida.

— Seu pai?

— Sim.

Imaginei as brigas e as lágrimas em Murmansk, os salários gastos em bebedeiras no dia do pagamento e as meninas escondidas no quarto, sonhando com a roda-gigante na qual não tinham dinheiro para passear.

— Agora — continuou Macha —, só mãe está vivendo.

Eu não tinha certeza se deveria ou não dizer que lamentava.

— Mas — disse Katia —, em Moscou também temos família.

— Sim — concordou Macha —, em Moscou não estamos sozinhas. Temos tia. Talvez você conhecer ela. É velha comunista. Acho que para você será interessante.

— Eu adoraria conhecer sua tia — falei.

— Em Murmansk — disse Masha —, não sabíamos nada. Tudo aprendemos em Moscou. Tudo bom. E também tudo ruim.

Eles trouxeram todos os pratos juntos, como sempre em restaurantes caucasianos, nunca valorizando muito a gratificação implícita no conceito de entrada/prato principal. Comemos. Atrás de nós, os empresários desistiram da comida para agarrar suas companhias, não muito discretamente. A mesa deles era uma orgia de fumaça. Achei que eles fumavam até no chuveiro.

Tentei descobrir onde Macha e Katia moravam. Elas disseram que alugaram um lugar perto de Leningradskoe Chosse, a rodovia estrangulada que levava ao aeroporto e ao norte. Perguntei a Macha se ela gostava do seu trabalho na loja de telefones celulares.

— É trabalho — respondeu Macha. — Não é sempre interessante. — Ela me deu um sorrisinho irônico.

— O que você faz, Katia?

— Eu estudo MGU — disse ela. MGU significava Moscow State University, a versão russa de Oxford, mas com propinas para entrar e para sair com um diploma. — Estudo administração de empresas — completou.

Fiquei impressionado, como deveria. Comecei a contar a elas sobre meus anos de faculdade em Birmingham, mas Macha me interrompeu.

— Vamos dançar — disse ela.

A banda estava tocando "I Will Survive" em velocidade dobrada e os músicos soavam como grupos de carpideiras num velório caucasiano quando entravam nos refrões. Os únicos outros a dançar eram uma criança animada e o pai embriagado que ela havia arrastado até o espaço na frente da banda. Macha e Katia eram só curvas e quadris, com um toque de lesbianismo simulado que era quase obrigatório nas pistas de dança de Moscou, tão desinibidas como apenas pessoas com nada a perder podem ser. Era mais uma coisa sobre Macha da qual eu gostava: ela conseguia viver o momento, isolando-o do antes e do depois para ser feliz.

Eu mexi os pés e me sacudi, tentei um pequeno giro e depois senti que estava exagerando (sei que preciso ir àquelas aulas antes da nossa dança naquele dia, não me esqueci). Macha pegou minha mão e fizemos uns passos de dança desengonçados por alguns minutos, enquanto eu me prendia a ela como disfarce. Fiquei aliviado quando a música terminou e podíamos voltar para a mesa.

— Você é ótimo dançarino — elogiou Katia. Elas riram.

— Às mulheres! — falei, em um brinde usual e confortável, e, como na Rússia aqueles que são brindados também bebem, elas tilintaram seus copos baixos com vodca contra o meu e bebemos.

Eu ainda não tinha certeza sobre qual era o propósito, se havia um e se não era só curiosidade e uma oportunidade de um jantar grátis. Em Moscou, o acontecimento principal era, em geral, o terceiro encontro, como para nós em Londres — como suponho que seja também em Marte —, ou talvez, no verão, o segundo encontro. Eu não sabia o que aconteceria com Katia.

— Talvez você queira ver nossas fotos? — perguntou Macha.

Ela acenou para Katia, que pegou seu celular. Elas adoravam se fotografar, as garotas na Rússia — algo relacionado à novidade das câmeras, eu acho, e a ideia de que eram importantes o bastante para terem suas fotos tiradas.

— De Odessa — comentou Katia. Estiveram lá no começo do verão, explicaram. Aparentemente, tinham um parente por lá. Mais ou menos, todo mundo parecia ter um parente em Odessa (um tipo de mistura entre Tenerife e Palermo).

Nós nos inclinamos para o centro da mesa, e Katia mostrou as fotos em um slideshow na minúscula tela do seu celular. Na primeira foto, elas estavam em um bar; as duas e mais uma garota. Katia olhava para o outro lado e ria, como se dividisse algo engraçado com alguém que não aparecia na foto. Na segunda foto, elas estavam na praia, em pé uma ao lado da outra, em seus biquínis, com o que parecia uma pirâmide egípcia atrás delas. Na seguinte, apenas Macha aparecia. Ela tirava uma foto do seu reflexo no espelho de um guarda-roupa: tinha uma das mãos na cintura, a outra segurando o celular, que cobria um quarto do seu rosto. No espelho, ela usava uma calcinha vermelha e nada mais.

Encostei-me outra vez na cadeira e perguntei se elas gostariam de ir ao meu apartamento para tomar um chá.

Macha olhou firmemente em meus olhos e disse que sim.

Acenei para o garçom e fiz um pequeno rabisco no ar com uma caneta imaginária, o sinal internacional para "deixe me sair daqui", aquele de quando se é adolescente e seus pais o fazem, e você pensa que jamais o fará.

* * *

Quando saímos, estava mais frio. Depois de três invernos na Rússia, eu sabia o que era isso: o grande frio, a gelidez no ar até abril. A fumaça branca da usina de energia rio abaixo estava congelada contra a noite escura. Ainda chuviscava, as gotas escorriam pelos meus óculos e borravam minha visão, fazendo tudo parecer ainda mais fantástico. Macha usava seu casaco de pelo de gato, e Katia colocara sua capa de chuva de plástico roxo.

Estiquei o braço em busca de um táxi, e um carro, que havia passado por nós e já estava a uns 20 metros de distância, freou e voltou em marcha a ré pela rua, entrando no meio-fio. O motorista pediu 200 rublos e, embora fosse um roubo, concordei e sentei no banco da frente. Ele era um russo gordo e ressentido, com bigode, e havia uma rachadura no meio do vidro da frente, que parecia ter sido feita por uma cabeça ou por uma bala. Ele tinha uma pequena televisão ligada de qualquer jeito ao isqueiro e continuou assistindo a uma novela brasileira dublada enquanto nos conduzia ao longo do rio. À nossa frente, estavam as estrelas pulsantes no alto das torres do Kremlin e os domos de contos de fada da catedral de São Basílio nos fundos da praça Vermelha, e, ao nosso lado, o denso rio Moscou, ainda não congelado e fazendo suas curvas misteriosamente pela cidade selvagem. Atrás de mim, Macha e Katia cochichavam. O carro do russo gordo era um paraíso móvel, um paraíso, por dez minutos, de esperança e de assombro.

* * *

Se você olhasse o teto do meu apartamento com atenção perceberia uma rede de vincos que se entrecruzam, que contavam a história do apartamento como os anéis no tronco de uma árvore ou as rugas no rosto de um poeta. Foi um *kommunalka*, um apartamento comunal onde três ou quatro famílias viveram juntas, mas separadamente. Eu costumava imaginar como pessoas morriam e eram descobertas por seus companheiros de casa ou como morriam e sequer eram descobertas. Como milhões de outros, elas deviam pegar seus penicos pendurados na parede quando iam cagar, discutir por causa do leite na cozinha comunal, informar e salvar uns aos outros. Depois, nos anos 1990, alguém derrubou todas as velhas divisões dos quartos e transformou o lugar no aconchego de um homem rico, e só restaram, daquele passado, as linhas no teto onde as paredes se encontravam. Agora, havia apenas dois quartos — um para os hóspedes que quase nunca vinham —, e a história ruim e minha boa sorte me fizeram sentir culpado, pelo menos no começo.

Elas tiraram os sapatos, como os russos são acostumados a fazer, e entramos pela cozinha. Macha se sentou no meu colo e me beijou. Seus lábios eram frios e fortes. Olhei Katia, ela estava sorrindo. Eu sabia que talvez elas me roubassem, mas não havia nada no apartamento que eu quisesse mais do que eu queria Macha, e eu não achava que elas me matariam. Ela pegou minha mão e me levou para o quarto.

Fui até a janela para fechar as cortinas — eram marrom-escuras e pregueadas e pareciam prestes a mostrar uma ópera quando se abrissem — e, quando me virei novamente, Macha havia tirado o blusão e estava sentada na beirada da minha cama, em sua minissaia e um sutiã preto. Katia estava sentada em uma cadeira, sorrindo. Ela nunca mais fez isso, mas, naquela noite, ficou ali o tempo todo; talvez por segurança, não sei. Era desconcertante de uma forma excitante, mas então a coisa toda pareceu surreal e a vodca diminuiu o desconforto.

Macha era diferente das garotas da Inglaterra. Diferente de você. Diferente de mim também. Menos polida, menos atuação e fingimento. Tinha um tipo de energia natural básica, agarrando, encorajando e rindo, pronta para agradar e improvisar. Sempre que eu erguia os olhos, Katia estava lá, sorrindo, perto o suficiente para que eu a visse mesmo sem meus óculos, totalmente vestida, como se observasse um experimento científico.

Mais tarde, quando estávamos abraçados, com ela à minha frente, e Macha respirava pesadamente, nem acordada nem dormindo, ela sacudiu a mão que eu havia estendido sobre ela para segurar a sua como se fosse um brinquedo defeituoso — para me fazer segurá-la com mais força ou para provar que a mão e eu éramos reais, como se a mão e eu fôssemos coisas das quais ela precisasse. Ou foi como me pareceu no momento. Na outra ponta da cama, como parte de nós, mas também a milhas de distância, ela enganchou a perna ao redor da minha, eu me lembro, e só pude sentir as unhas pintadas do seu pé branco se afundarem no meu tornozelo.

Quando a luz penetrou meu quarto pela manhã, vi Katia dormindo na cadeira, com os joelhos unidos sob o queixo, ainda vestida, com o cabelo louro espalhado sobre o rosto como um véu. Macha estava deitada ao meu lado, com o rosto virado para o outro lado, seu cabelo no meu travesseiro e seu cheiro na minha pele. Dormi outra vez e, quando acordei pela segunda vez, elas tinham ido embora.

QUATRO

— É aqui — disse Macha.

Estávamos em frente a um clássico prédio antigo de Moscou, com uma fachada em tinta pastel rachada e um amplo pátio onde antes a nobreza manteria seus cavalos e seus servos conspiradores. Agora, o pátio continha duas árvores infelizes com folhas marrons prestes a cair e três ou quatro carros, chiques o suficiente para deixar claro que havia grana ali. Passamos por um arco, vindos da rua, e pela porta de metal com um interfone antigo no canto esquerdo do pátio. O ar estava úmido — cheio de algo que não era granizo nem exatamente neve, uma umidade russa que tem gosto de fumaça saída de escapamentos e que se enfia nos seus olhos e na sua boca. Era o tipo de clima de Moscou que faz você desejar que o céu acabe logo com isso, como um prisioneiro condenado olhando a lâmina da guilhotina.

Ela apertou a tecla com o número do apartamento. Houve uma pausa e depois um zumbido quebradiço. Uma voz de mulher disse:

— *Da*?

— Somos nós — disse Macha em russo. — Macha, Katia e Nikolai.

— Entre — falou a voz. — Terceiro piso.

A porta foi aberta e subimos as escadas de mármore manchadas.

— Ela foi comunista — contou Macha —, mas agora acho que não é.

— Ela está às vezes esquecendo as coisas — disse Katia —, mas é muito gentil.

— Acho que ela é não muito feliz — continuou Macha. — Mas nós tentamos.

Ela nos esperava no corredor. Tinha a silhueta daquelas *babushkas* em miniaturas, uma dentro da outra, e um rosto que parecia mais jovem que seu cabelo grisalho, que ela havia cortado no pragmático estilo bojudo soviético. Calçava sapatos pretos com cadarços, meias surradas, uma saia de lã elegante, mas gasta, e um cardigã que gritava que a grana não estava com ela. Tinha olhos inteligentes e um sorriso agradável.

— Querida — disse Masha —, esse é Nikolai... — Eu a vi perceber que não sabia meu sobrenome. Era, eu acho, apenas a quarta vez que nos víamos, sem contar o primeiro dia no metrô. Éramos estranhos, na verdade, talvez sempre tenhamos sido estranhos. Mas naquele momento pareceu certo ser apresentado à sua tia. Pareceu que aquilo poderia durar.

— *Platt* — completei e então, ainda em russo, enquanto apertávamos as mãos: — É um grande prazer conhecê-la.

— Entrem — disse ela, sorrindo.

Estou colocando o carro na frente dos bois, receio. Mas eu queria lhe contar como eu a conheci — como conheci Tatiana Vladimirovna, a velha senhora.

* * *

Naqueles dias da corrida do ouro — quando metade dos prédios no centro da cidade estava coberta por propagandas da Rolex com o tamanho de submarinos e os apartamentos nos enormes arranha-céus construídos por Stálin custavam o mesmo preço que moradias em Knightsbridge —, o dinheiro em Moscou tinha seus próprios hábitos. O dinheiro sabia que alguém no Kremlin poderia decidir tomá-lo a qualquer momento. Ele não relaxava nos cafés ou passeava nos cabriolés de três rodas pelo Hyde Park, como faz o dinheiro em Londres. O dinheiro em Moscou emigrava para as ilhas Cayman, para vilas em Cap Ferrat ou para qualquer outro lugar que lhe desse uma casa quentinha e não fizesse perguntas. Ou ele queimava a si mesmo tão conspicuamente quanto possível, se derramando em jacuzzis cheias de champanhe e voando em helicópteros particulares. O dinheiro amava especialmente as concessionárias de carros conversíveis em Kutuzovski Prospekt, no caminho para o museu da guerra e o parque Vitória. Ele decorava seus Mercedes e Hummers blindados com luzes azuis de emergência, concedidos por mais ou menos 30 mil dólares por funcionários do Ministério do Interior, luzes que abriam os engarrafamentos de Moscou como os mares do Egito. Os carros se aglomeravam em torno dos restaurantes e dos clubes noturnos onde era preciso ser visto como predadores em torno de fontes de água, enquanto o dinheiro entrava para se empanturrar com caviar e champanhe Cristal.

Em uma noite de sexta-feira, no final de outubro — duas ou três semanas antes que eu fosse apresentado a Tatiana Vladimirovna na porta do seu apartamento e acho que mais ou menos o mesmo tempo após minha primeira noite com Macha —, levei as duas garotas ao Rasputin. Na época, era um dos clubes noturnos mais *elitny*, numa esquina entre os jardins Hermitage e a delegacia de polícia em Petrovska (a delegacia onde eles filmaram a versão russa do programa *Crimestoppers*, embelezada com cadáveres e tiroteios encenados elaboradamente). Ao menos tentei levá-las ao Rasputin.

Circundamos, até a entrada, o orgulho dos monstruosos carros estacionados, com suas janelas escurecidas. A porta estava protegida por aquilo que os moscovitas chamam de *feis kontrol*: dois ou três leões de chácara do tamanho do Himalaia e uma loura insolente, que usava um fone de ouvido e cujo trabalho era manter fora da boate mulheres insuficientemente glamorosas e homens com salários baixos. A loura olhou as garotas dos pés à cabeça do jeito abertamente competitivo como as mulheres russas fazem. Katia vestia uma minissaia com estampa de leopardo acima das botas brancas e lembro que Macha usava seu longo cabelo em um tipo de juba despenteada e um bracelete de prata com um relógio em miniatura no formato de um coração. Acho que eles nos pararam por minha culpa. Eu tentei me ajustar ao ambiente mafioso usando meu terno escuro e uma camisa preta, mas provavelmente parecia um membro de um coral de alguma produção escolar de *Garotos e garotas*. Eu podia ver a mulher na porta tentando adivinhar quanto problema eu poderia criar se me irritasse, avaliando a seriedade do meu *krisha* — o "telhado" de proteção de que todo russo precisa, preferivelmente junto a um dos serviços de segurança, se quiser sair de uma encrenca, pagar impostos mais baixos ou entrar no Rasputin numa noite de sexta-feira. Desde o negociante de um mercado com seu amigo policial que decide olhar para o outro lado até o oligarca com seu insistente senhorio no Kremlin, qualquer um que queira prosperar precisa de um *krisha*: alguém para puxar uma orelha ou torcer um braço; um parente, talvez, ou um velho amigo, ou apenas alguém poderoso cujos segredos comprometedores você tem a sorte de saber. A mulher sussurrou alguma coisa para um dos leões de chácara, que nos levou para um canto na fila dos rejeitados além da corda. Poderíamos entrar mais tarde, ele nos disse, se tivesse lugar para nós entre os mais importantes.

Estava nevando. Era a neve leve de outubro, o tipo que os russos chamam de *mokri sneg*; neve úmida, que se assenta em superfícies suaves, como galhos de árvores e capotas de carros, mas que é destruída quando bate nas calçadas hostis de Moscou. Alguns flocos nem chegavam tão longe, levados para cima por lufadas de vento ao passarem sobre os postes de luz, girando mais uma vez na luz artificial como se houvessem reconsiderado. Estava frio — não seriamente frio, não ainda, mas flertando com o zero. As outras pessoas na nossa fila de rejeitados enfiaram as mãos dentro das mangas, parecendo uma raça de amputados. Gângsteres variados, coronéis afastados do serviço de segurança e funcionários de segundo escalão do Ministério das Finanças passavam pelos leões de chácara, cada um seguido por um harém pessoal de saltos altos. Eu estava irritado, constrangido e pronto para desistir e ir embora. Então, o Cossaco chegou.

Ele estava com dois ou três outros homens e quatro garotas altas. Eu o chamei, e ele ficou para trás enquanto seus amigos passavam pelas cortinas de veludo na porta. Era um desses momentos em que partes da sua vida que deveriam ser separadas colidem, como encontrar seu chefe no saguão de um cinema ou no vestiário de um clube.

— Boa noite — disse ele. O Cossaco falava comigo, mas olhava as garotas. — Nada mal.

— Boa noite — falei.

Eu tinha visto o Cossaco de novo alguns dias antes. Ele fora a Paveletskaia assinar documentos, fazer promessas e arrotar. Havia concordado com nossa indicação sobre um supervisor, que visitaria o local do terminal de petróleo a cada poucas semanas e confirmaria que a construção seguia os prazos. Isso ajudaria a provar que os pagamentos seriam saldados no final e que, como previa com abundância de detalhes o contrato que redigimos, existiria alguma coisa para os bancos reaverem caso o Cossaco e seus amigos não cumprissem sua parte. O supervisor que contratamos era um sujeitinho chamado Viacheslav Alexandrovich. Havíamos trabalhado com ele antes, no financiamento para a criação de um porto na costa do mar Negro.

— Você não vai me apresentar?

— Desculpe — falei. — Essas são minhas amigas, Macha e Katia.

— *Enchanté* — disse o Cossaco. — Qual de vocês é a esposa de Nicholas?

Ele sabia sobre a pequena mentira que eu lhe contei sobre ser casado, mas não pareceu se importar. Eu corei. Katia deu uma risadinha. Macha apertou a mão dele. Foi a única vez em que se encontraram, até onde sei, e, de certa maneira, fiquei contente que tenham se conhecido. De alguma forma, isso simplifica as coisas para mim, essa lembrança de Macha e o Cossaco, juntos.

— Vocês estão tendo problemas? — perguntou ele a mim.

— Não — respondi.

— Sim — Macha me corrigiu. Ela era sempre calma, determinada, confiante. Sempre. Eu também gostava disso nela.

— Talvez — falei.

— Só um segundo — disse o Cossaco.

Ele andou até a loura com o fone de ouvido. Ele estava de costas para nós, então não pude ver sua expressão. Mas vi seu ombro se voltar para nossa direção, e a mulher nos olhou. Ele continuou falando; a expressão dela mudou, ela abaixou a cabeça, falou em seu fone de ouvido e fez um sinal na minha direção.

— Divirtam-se! — disse o Cossaco.

Você sabe como às vezes eles mostram, nos filmes de ação, como os soldados são vistos quando se usa óculos de visão noturna — contornados por um tipo de brilho térmico instável? O Cossaco parecia ser assim o tempo todo, eu acho. Ele estava contornado por violência. Era invisível, mas todo mundo podia ver.

— Obrigado — falei.

— Não foi nada — retrucou ele.

Apertamos as mãos, e ele me segurou por um momento, alguns segundos a mais talvez, para que eu soubesse que ele podia fazer isso.

— Mande lembranças ao meu amigo Paolo — disse ele.

Dentro do lugar, havia uma pista de dança com três dançarinos em um pódio — duas garotas negras ardentes com seios à mostra, e, entre elas, um anão usando uma pequena sunga com estampa de tigre. Katia apontou para o teto. Duas garotas nuas, pintadas com spray dourado para parecerem querubins e com asas, se moviam sobre nossas cabeças. Fomos até o bar. Ele tinha piso de vidro e, abaixo, um aquário cheio de esturjões e alguns tubarões desamparados. Havia várias garotas sem preço e homens perigosos.

Pedi três mojitos a um barman que tinha a expressão malremunerada e atormentada de todo barman em uma noite movimentada, independentemente do lugar, e uma rodada do arriscado sushi que na época era o que se comia nas noites de Moscou. Eu me sentia como se houvesse ganhado na loteria, sentado no Rasputin com seus frequentadores importantes e suas acompanhantes cirurgicamente melhoradas — eu, com meu cabelo grosso e sem forma, meus traços ingleses amassados e a nova papadinha sob o queixo, característica dos 30 e tantos anos, que eu procurava todas as manhãs no espelho na esperança de que tivesse desaparecido sozinha. Eu me sentia como alguém, em vez do ninguém que naquele momento poderia estar circulando pela London Bridge com todas as outras pessoas. Acho que era assim que supostamente eu me sentia.

Katia me perguntou mais sobre a Inglaterra. As questões comuns: Sherlock Holmes era real? Era difícil conseguir um visto? Por que Churchill esperou até 1944 para abrir uma segunda frente? Ela era uma boa menina, eu pensei, dentro da sua minissaia, respeitando sua irmã e se esforçando para seguir em frente em um caminho compreensivelmente estreito.

Macha me perguntou sobre meu trabalho.

— Kolia — perguntou ela —, você sabe apenas leis inglesas ou leis russas também?

Eu disse que fui educado nas leis inglesas, mas que também entendia bastante sobre as leis russas, especialmente envolvendo empresas.

— Que tipo de negócio você está fazendo?

Eu respondi que eram principalmente empréstimos, e fusões ou aquisições esporádicas.

— Quer dizer, você não está trabalhando em negócios com imóveis? — Sua voz estava quase suprimida pelas batidas cardíacas da música Russki agitada e pelo grasnar dos criminosos.

Eu disse que não, que não estava. Eu sabia um pouco sobre leis imobiliárias, mas não muito — na verdade, apenas as partes que envolviam longos arrendamentos para prédios comerciais.

Sei que deveria ter pensado mais sobre essas questões. Mas eu estava ocupado pensando em Macha, e em voltar para o meu lugar, e sobre se era essa a sensação da famosa "coisa que é para valer".

* * *

Katia contou que tinha uma festa de aniversário para ir. Eu disse que nós a acompanharíamos, mas ela falou que não, que estava bem, e se apressou sozinha na direção do teatro Bolshoi, pela neve precoce e pela noite russa sem leis.

Sugeri que pegássemos um táxi, mas Macha disse que queria caminhar. Andamos em direção à praça Puchkin, voltando: passamos pela bela igreja que os comunistas pouparam e, à esquerda, pelo clube de *striptease* ao lado do cinema Puchkin (onde um grupo de negociantes húngaros foi cremado nos camarotes do andar superior poucos meses mais tarde), e, à frente dele, por um cassino com um carro esportivo dentro de uma caixa de vidro inclinada. Através da neve úmida, a cidade parecia se suavizar; as silhuetas dos prédios se embaçavam gradualmente, como em um quadro impressionista. À nossa frente, o néon da praça, com seus restaurantes rodízios e sua estátua do famoso poeta, brilhava como um acampamento mongol espalhafatoso.

Macha me contou, naquela noite, como se preocupava com Katia, como, além da tia, eram somente as duas em Moscou, como elas sempre sonharam em vir, mas como era difícil. Ela precisou arranjar 500 dólares para conseguir um emprego, disse, a propina que o gerente normalmente exige para um recrutamento, e trabalhou seis meses para pagar o dinheiro emprestado. Ela disse que esperava talvez, um dia, viver em algum lugar mais seguro, em algum lugar mais limpo.

— Como Londres — falei. — Talvez como Londres.

— Eu estava indo rápido demais, eu sei, especialmente se comparado a como tudo aconteceu entre mim e você. Mas, de alguma forma, a ideia não parecia tão estranha, não no começo. Estou tentando ser sincero com você. Acho que é o melhor para nós dois agora.

— Talvez — disse Macha. Ela pegou minha mão enquanto descíamos os degraus escorregadios até a passagem subterrânea onde nos conhecemos e depois continuou segurando-a.

Subindo no outro lado de Tverskaia, caminhamos por um tempo pelo centro do Bulvar. As autoridades da cidade tinham removido as flores dos canteiros, como fazem todos os anos quando a estação termina, levando-as em carrinhos à noite como prisioneiras condenadas, para que não morram em público. Os russos usavam seus casacos intermediários; as mulheres com peças de lã ou com estampa de leopardo que a maioria delas usa até o momento de vestir as peles com cheiro de naftalina. Nos bancos, os mendigos pareciam temperados pela neve, como carnes salpicadas com sal na tábua de um açougueiro. Na minha rua, o capô do Zhiguli enferrujado estava manchado por flocos de neve que se derretiam.

Quando entramos, Macha colocou um CD e tirou o casaco; então, lentamente, como já tinha feito com música antes, todo o resto.

Depois, preparou um banho. Ela se apertou às minhas costas, com seus pelos pubianos aparados se eriçando contra meu cóccix, e passou suas longas pernas sobre minha barriga flácida. Ela tinha uma visão direta dos pelos nos meus ombros e no canto esquerdo das minhas costas, aquelas pegadinhas assimétricas preparadas pelos meus genes, das quais você não gosta muito. Ela fazia algo entre cantar e murmurar uma chorosa canção folclórica russa, correndo os dedos molhados por meus cabelos. Parecia, para mim, um novo tipo de nudez, nossos corpos relaxados e abertos, em vez de serem objetos ou armas. Estarmos mergulhados, juntos, me parecia honesto, e a banheira de mármore falso e raiado, com os jatos de água que não funcionavam, era como nosso pequeno útero.

Ela me contou no banho, eu me lembro, sobre como se orgulhava do seu pai quando era pequena e sobre como as coisas mudaram quando o velho império morrera e ele perdera seu salário. Foi quando ele começou a beber seriamente, disse ela. Macha me contou como, quando era muito nova, foi ensinada na escola a reverenciar um fedelho da era Stálin que havia denunciado o próprio pai por esconder grãos. Eles cantavam canções e faziam desenhos em homenagem a ele, esse pequeno dedo-duro siberiano, até que, um dia, o professor mandou que parassem de cantar as músicas e rasgassem os desenhos, e foi assim que ela soube que alguma coisa terrível tinha acontecido.

— Você não se sentiu livre? — perguntei. — Quando o comunismo terminou... Você não se sentiu livre?

— Em Murmansk — respondeu ela —, nós nos sentíamos só pobres. E gelados. As pessoas diziam: "Não podemos comer liberdade."

Ela me contou que sua mãe precisou de uma cirurgia, quando tinha 17 anos. Como tudo o que teoricamente era providenciado pelo governo, desde a parteira que nos trazia ao mundo até nosso lugar no cemitério, eles precisaram pagar — foram obrigados a subornar o médico e comprar os remédios, o sabão e as suturas para costurá-la depois. Então, Macha deixou a faculdade uma semana depois de ter começado as aulas, disse ela, para trabalhar no refeitório da base naval. Ela ainda mandava dinheiro para a mãe todo mês. Meu palpite chegara perto: Macha tinha 24 anos, disse, e Katia, 20 anos.

Eu lhe perguntei como ela se sentira sobre tudo isso — parar de estudar, precisar trabalhar, sacrificar suas chances por sua mãe.

— Era normal — disse ela. — Sabe, Kolia, naqueles tempos nós não estávamos tendo tantas esperanças. Comida ruim. Homens ruins. Sorte ruim. Isso não era surpresa.

Era a combinação certa o que ela oferecia, é claro, com sua força e seu infortúnio. Ela era forte e conhecia o mundo; de alguma forma, mais velha e muito mais jovem do que eu (embora para os padrões de Moscou nossa diferença de idade fosse respeitável). Ao mesmo tempo, parecia impotente e quase solitária. Ela juntava uma mistura certa de necessidades: a necessidade de salvar alguém, ou pensar que você pode, que reconheço que todos os homens sentem às vezes, e a necessidade de ser salva.

Eu sabia que não tinha o tipo de dinheiro que ela provavelmente esperava. Mas achei que poderia lhe oferecer segurança.

Perguntei em que tipo de navio seu pai servira. Ela contou que não podia contar a ninguém, especialmente a um estrangeiro. Então riu alto e disse que provavelmente isso já não tinha importância.

— Ele estava em barco — como se diz? —, barco contra gelo. Para fazer caminho para outros barcos.

— Quebra-gelo.

— Sim — disse ela. — Quebra-gelo. Ele estava em quebra-gelo atômico. Meu avô também estava em quebra-gelo. Em guerra, ele estava ajudando a quebrar gelo para navios ocidentais. Para seu avô, talvez.

— Qual era o nome do navio? O navio do seu pai, quero dizer. — Achei que era mais uma pergunta que se deve fazer sobre os marinheiros.

Ela disse que não tinha certeza, que havia esquecido. Mas pensou por alguns segundos e disse:

— *Petrograd*. Quebra-gelo se chamava *Petrograd*. Por causa de revolução. — Ela sorriu, da maneira como podemos fazer quando resgatamos um fato perdido, mas precioso, na nossa memória.

Pela manhã, quando ela ainda estava dormindo, de perfil sobre o travesseiro, descobri uma pequena curvatura a dois terços da altura do seu nariz, invisível quando se olha de frente — o resultado, imaginei, de um tapa paterno forte demais ou de um namorado marinheiro bruto. Descobri sardas escuras que se combinavam entre suas nádegas brancas como a lua. E notei as minúsculas rugas que apenas começavam a aparecer nos cantos dos seus olhos. Lembro como essas linhas me fizeram querê-la ainda mais, porque elas a tornavam real; uma coisa física que podia morrer, mas não apenas morrer.

Mais tarde, quando estávamos tomando nosso chá com fatias de limão na cozinha — canecas Ikea, cadeiras Ikea, a maior parte do meu apartamento era Ikea, o que, na época, era tão inevitável em Moscou como morrer e sonegar impostos (e ter cirrose) —, ela me falou outra vez sobre sua tia, a que morava em Moscou. Contou que ela e Katia a visitavam sempre que podiam, mas não tanto quanto deveriam. Disse que gostaria de me apresentar a ela logo.

— Talvez na próxima semana — disse ela. — Ou na semana depois da próxima semana. Ela está sozinha em Moscou e fica feliz quando visitamos. Ela vai gostar de você. Acho que ela não está conhecendo muitos estrangeiros. Talvez nenhum. Por favor.

— Sim, eu disse.

— É claro que eu conheceria sua tia. Macha tomou seu chá, beijou meu nariz e foi trabalhar.

* * *

O meio de novembro se aproximava. Toda a *mokri sneg* tinha derretido, mas um pouco do gelo que se formou durante a frente fria de outubro sobrevivera, acomodando-se nas rachaduras das calçadas e nas feridas das ruas como pelotões emboscados esperando reforços. Tatiana Vladimirovna disse:

— Entrem.

Fale o que quiser sobre os soviéticos, mas eles eram os campeões mundiais de todos os tempos de parquetes. Os tacos se estendiam desde a simples porta principal do apartamento, com o típico padrão da era Khruschov, que lembrava bumerangues, e eram interrompidos no meio do piso por um tapete turco gasto. Havia um candelabro comunista reluzente, que parecia fabuloso desde que você não chegasse muito perto.

Tiramos os sapatos, penduramos os casacos e seguimos Tatiana Vladimirovna pelo corredor. Lembro-me do apartamento dela muito mais do que gostaria. Passamos por um quarto com duas camas de solteiro, apenas uma arrumada, um guarda-roupa de madeira escura e uma penteadeira branca com um espelho ornamental. Havia outro quarto, metade dele estava cheio de caixas; depois a porta do banheiro e uma cozinha com piso de linóleo gasto e uma geladeira primitiva. A sala para onde ela nos levou era coberta com um tipo de papel de parede castanho e peludo, que descascava um pouco em um dos cantos onde encontrava o teto, tinha uma estante cheia de velhas enciclopédias e relatórios soviéticos e uma grande escrivaninha de madeira coberta com um tecido verde. Sobre ela estava o tipo de banquete russo que sempre temi, tão não comestível quanto extravagante. Provavelmente lhe custara um mês de pensão e os ingredientes de uma quinzena, cheio de peixes úmidos, pedaços de animais viscosos e impossíveis de identificar, chocolates russos quebrados em torrões, *blinis* que estavam esfriando, creme azedo e um queijo doce e especial que eles fritam em pequenos rolinhos.

As janelas estavam fechadas e o aquecimento central — ainda controlado pelo governo da cidade, como nos velhos dias — era desumano. Tatiana Vladimirovna gesticulou para nós, mostrando um sofá embolorado. "Chá", disse ela, em uma declaração, não uma pergunta, e saiu.

As garotas se sentaram para cochichar. Eu levantei e dei uma olhada ao redor. O apartamento de Tatiana Vladimirovna dava para o Bulvar e para o lago do Chistie Prudi ("Lagos Limpos" — a típica racionalização dos desejos russos no que diz respeito à água, em suma, um local cada vez mais elegante na Moscou central). Tinha uma grande janela com vista para o lago e as árvores que o cercavam. O restaurante em estilo de tenda beduína instalado em uma plataforma sobre o lago durante o verão fora desmontado, e as gôndolas que ofereciam serenatas supervalorizadas estavam atracadas na areia. Do outro lado do lago, havia um estranho edifício azul, decorado com relevos de animais reais e imaginários; uma das coisas bonitas em que às vezes se tropeça naquela cidade, como flores em um campo de batalha. Eu podia distinguir corujas, pelicanos, grifos com duas cabeças, crocodilos com duas línguas, cães de caça em ataque, mas, de alguma forma, desanimados. O confuso céu de novembro me lembrava uma televisão em preto e branco desregulada.

Na parede do quarto, havia um conjunto de pratos, com o clássico padrão azul e dourado de São Petersburgo, e um certificado de uma escola técnica em Novosibirsk. Havia um velho rádio revestido em baquelite, uma engenhoca de mogno falso tão grande quanto um baú, que se abria no topo. Duas fotografias emolduradas, em preto e branco, descansavam na estante. Uma mostrava um casal jovem empoleirado em rochas perto do mar, onde ventava muito; ela rindo e olhando para ele, ele prematuramente careca, usando óculos sérios e olhando para a câmera. O casal parecia feliz de uma maneira que eu não achava que as pessoas na União Soviética poderiam ser. No canto direito e inferior da foto, letras brancas em estêncil diziam "Yalta, 1956". A outra foto mostrava uma garota se esticando em uma espécie de enorme roda para hamster, agarrando as bordas com as mãos e aparentemente participando de uma ginástica sincronizada: duas outras rodas, também com garotas dentro, apareciam na foto. Quando inclinei a cabeça e olhei melhor, pude ver que a figura principal era a mesma garota esbelta que aparecia na foto da praia, talvez alguns anos mais jovem, usando shorts de tenista mais sexy do que provavelmente intencionaram ser e um sorriso aberto e fixo. Era ela, minha cabeça inclinada finalmente entendeu. Era Tatiana Vladimirovna.

Atrás do bufê na escrivaninha, havia outra foto, mostrando o homem de óculos, agora um pouco mais velho, sentado à mesma escrivaninha — que, na foto, estava coberta por papéis em ordem, um cinzeiro e um antigo telefone de disco. Ele se desviara parcialmente do trabalho para olhar o fotógrafo, como se o trabalho fosse importante demais para ser completamente esquecido.

— Esse é meu marido — disse Tatiana Vladimirovna, em russo. Ela estava atrás de mim, com um pequeno samovar prateado nas mãos. — Esse é Piotr Arkadievich.

Ela preparou o chá à moda russa, despejando porções escuras e muito fortes saídas de uma pequena chaleira e completando com a água fervente do samovar. Deu a cada um de nós um pequeno pires com geleia e colheres de chá, para que a comêssemos com o chá, alternando goles e colheradas de uma maneira que eu nunca peguei realmente o jeito.

Conversamos. Parte da conversa pareceu uma entrevista de emprego, parte pareceu um guia turístico sobre a geografia russa.

— Qual é sua profissão, Nikolai?

— Sou advogado.

— Qual é a profissão do seu pai?

— Ele é professor. Minha mãe também é professora. Mas eles estão aposentados.

— Você gosta de Moscou?

— Sim, gosto muito.

— E, além de Moscou, onde você esteve na nossa Rússia?

Disse que estive em uma ou duas cidades-monastérios perto de Moscou, mas que havia esquecido seus nomes, perdão.

Eu não tinha ido à Sibéria para ver "nosso grande lago Baikal"? Eu sabia que era o maior lago do mundo? Eu sabia que havia 11 tipos de salmão nos rios de Kamchatka?

Liguei o piloto automático. Meus olhos passavam rapidamente pelo arco das coxas de Macha. E então, como os velhos russos fazem, Tatiana Vladimirovna mencionou alguma coisa que me fez sentir infinitamente ingênuo, nascido ontem em comparação ao que ela havia visto e vivido — uma versão extrema de como você se sente quando tem 12 anos e seus pais falam incompreensivelmente sobre impostos ou sobre alguém que está se divorciando. Na Rússia, pode ser como tal tio foi para o Gulag e não voltou ou apenas um heroísmo ou uma indignidade cotidiana e trivial — como alguém que dividiu um quarto com seus pais até os 40 anos ou teve suas cartas censuradas ou passava três dias em uma fila para conseguir batatas.

Ela me perguntou se eu fui a São Petersburgo. Eu disse que não, que ainda não, mas que minha mãe planejava me visitar, talvez em breve (era verdade, ela estava ameaçando fazer isso), e que esperávamos ir juntos até lá.

— Eu sou de São Petersburgo — disse ela. — De Leningrado. Nasci em uma aldeia perto de Leningrado.

Na aldeia, continuou ela, sua mãe ordenhava vacas e rezava em segredo. Seu pai trabalhava numa fazenda comunitária. Elas se mudaram para a cidade depois que ele morrera, disse Tatiana Vladimirovna, pouco antes da Grande Guerra Patriótica, quando tinha 7 ou 8 anos. Perdera uma irmã e a mãe durante o cerco. Um irmão mais velho, ela me contou, ainda sorrindo, fora morto na batalha de Kursk. Alguns anos depois da guerra, ela fora com o homem das fotos, com quem se casara há pouco, a Novosibirsk, uma cidade universitária na Sibéria. Era estranho, disse ela, porque na Sibéria eles se sentiam quase livres, mais do que em Leningrado antes da guerra ou em Moscou depois dela. Seu esposo era cientista e — aqui meu russo ameaçou desistir, embora não tenha certeza de que tampouco meu inglês estaria à altura — acho que ajudou a projetar uma tinta usada no interior dos silos dos mísseis, ou algo parecido, que era suficientemente forte, disse ela, para resistir ao calor quando os mísseis decolavam.

— Ele era um grande cientista — disse Katia, em inglês.

— É por isso que Tatiana Vladimirovna tem este apartamento no centro de Moscou — explicou Macha em russo. — Por serviços à pátria.

— Sim — concordou Tatiana Vladimirovna —, o camarada Khruschov deu o apartamento ao meu marido em 1962. Era uma grande preocupação, naquele tempo, lançar os mísseis sem queimar os silos. Pyotr Arkadyevich trabalhou muito duro e, no final, encontrou a resposta.

Ela ainda trabalhava meio-período, disse, como guia em um museu perto do parque Gorki, dedicado a um cientista russo famoso que eu não conhecia. Ela mostrava a deferência que as pessoas mais velhas às vezes mostram em relação aos jovens, correndo pela história da sua vida para não tomar muito do nosso precioso tempo de juventude. Gostei de Tatiana Vladimirovna. Gostei dela imediatamente e gostei dela até o final.

— Então, Nikolai — disse ela —, o que você acha do nosso pequeno plano?

Eu não tinha a menor ideia de sobre o que ela estava falando. Olhei Macha rapidamente. Ela descruzou as pernas e assentiu.

— Acho que é um plano excelente — respondi, querendo agradar.

— Sim — concordou Tatiana Vladimirovna. — Excelente.

Todos nós sorrimos.

— Nikolai! — exclamou Tatiana Vladimirovna, levantando-se e mudando o assunto. — Meninas! Vocês não comeram nada.

Todos nos juntamos ao redor da escrivaninha, onde Tatiana Vladimirovna distribuía os pratos e fez questão de que eu pegasse o peixe que não gostava. Peguei bastante *blinis* para esconder o peixe.

Sentamos. Tatiana Vladimirovna perguntou a Katia sobre a universidade.

— É difícil — disse Katia —, mas muito interessante.

Passamos para um silêncio bem-intencionado, mas constrangido.

— Peixes adoram nadar! — exclamou Tatiana Vladimi-rovna. Ela se levantou, foi até a cozinha e voltou com uma garrafa nova de vodca e quatro copos pequenos e velhos, com gravações de flocos de neve. Ela os encheu, e todos nos levantamos para brindar.

— Ao sucesso de vocês, crianças! — disse Tatiana Vla-dimirovna e esvaziou sua vodca à eficiente maneira russa.

Nós três também bebemos. Senti a vodca no fundo da minha garganta, depois no estômago, e então o calor em meu peito e a exaltação instantânea que a tornava tão amal-diçoada. Senti a coloração em minhas bochechas, o dano ao fígado e as indiscrições que estavam a caminho. Não me preocupei em perguntar a ninguém qual era o plano.

Dez minutos mais tarde ("À Rússia!" "A nós!" "À rainha da Inglaterra!"), perguntei a Macha, em inglês, se ela queria ir embora. Ela disse que não e que precisava conversar com Tatiana Vladimirovna. Eu sabia que poderia ser rude sair antes que a garrafa fosse esvaziada, mas disse a Tatiana Vla-dimirovna que infelizmente eu precisava ir a uma reunião.

— Mas você ainda não comeu — protestou ela, olhando meu prato sobrecarregado e juntando as mãos à sua frente.

Eu disse "Sinto muito" e que tinha sido um grande prazer conhecê-la.

Beijei as garotas no rosto. Tatiana Vladimirovna me seguiu enquanto deslizei pelos parquetes para colocar meu casaco e sapatos.

— Até logo — eu disse. — Muitíssimo obrigado. Até nos vermos outra vez.

— Você não comeu nada — repetiu ela enquanto fechava a porta atrás de mim. Disparei pela escada, escapando da pesada e sufocante superproteção.

* * *

Mais tarde, naquele dia, encontrei Oleg Nikolaevich no patamar da escada entre nossos andares, vestindo terno e camisa pretos e um chapéu de feltro preto. Ele estava imaculadamente de preto, com exceção de alguns pelos de gato em sua lapela. Parecia ter aparado a barba. Era como alguém indo ao próprio funeral.

— Como está, Oleg Nikolaevich? — Acho que eu ainda estava um pouco tonto.

— Normal, Nikolai Ivanovich — disse ele. — Como vocês dizem em inglês? Sem notícia é boa notícia. Mas não consigo encontrar nosso vizinho Konstantin Andreievich.

— Que pena — falei. — Lamento.

— Meu amigo Konstantin Andreievich — continuou Oleg. — Ele mora no prédio atrás da igreja. Ele não está respondendo ao telefone. — Ele me olhou como se talvez eu pudesse dizer: *Ah, aquele Konstantin Andreievich? Você deveria ter dito. Ele está lá na minha cozinha.*

Em vez disso, apenas tentei sorrir e parecer consternado ao mesmo tempo.

— Tenho certeza de que está tudo bem — falei. Lembro-me de ter pensado que Konstantin Andreievich, fosse quem fosse, provavelmente apenas teve seu telefone desligado ou se embebedou até entrar em uma surdez temporária. Mas tentei ao máximo levar Oleg Nikolaevich a sério.

— Pode ser que tenha ido visitar o irmão em Tver — disse ele.

— Pode ser — completei.

— Talvez — disse ele — você possa me ajudar a encontrá-lo.

— Eu ficaria contente em ajudar — respondi —, mas não sei se há alguma coisa que eu possa fazer.

— Sim, há — disse ele. — Você é um advogado. Um americano.

— Não sou americano.

— Bem — insistiu ele —, você tem um cartão de crédito. Você tem uma secretária. Você pode falar com a polícia ou com o promotor público. Eu sou um velho. Esta é a Rússia.

— Está bem — concordei. — É claro. Se eu puder, ajudarei. Vou tentar. Prometo, Oleg Nikolaevich.

Ele veio em minha direção e, por um segundo, pensei que ele fosse me agarrar ou me dar um soco. Mas, em vez disso, pôs a mão no meu ombro esquerdo, e a boca muito perto do meu ouvido direito, de modo que, quando ele falou, sua língua estava quase nele.

— Respeitável Nikolai Ivanovich — disse ele —, só um idiota sorri o tempo todo.

CINCO

Imagino que, na teoria, devia existir um momento, talvez no começo das tardes, em que Steve Walsh passasse mais do que cinco minutos sem um café ou um gole de vinho tinto — exatamente como, na teoria, deve existir uma fase curta, intermediária dos trinta e alguns anos, na vida das mulheres russas, entre o exibicionismo em saltos altos e o avançar da meia-idade. Mas, sempre que eu via Steve, ele estava engolindo uma ou outra das suas drogas. Como a maioria dos expatriados alcoólatras, ele tinha uma tática para se convencer de que não era um deles: pedia seu vinho por taças, mesmo que bebesse doze ou vinte delas — o que era pior para sua carteira, porém melhor para sua autoestima. Quando eu o encontrei para o almoço e lhe contei sobre mim e Macha, ele já havia passado do café para o vinho.

— Então — disse Steve, depois que resumi minha relação até o momento —, ela já conseguiu que você lhe comprasse alguma coisa? Diamantes? Carro? Plástica nos peitos, talvez?

— Não é assim.

— E como é?

— É diferente, Steve. Por favor.

— Acha que ela está com você por sua aparência?

Steve era tecnicamente inglês, mas tentava evitar a Inglaterra e a si mesmo por tanto tempo e em lugares tão distantes — México por três ou quatro anos antes de Moscou, eu acho; e, antes disso, os Bálcãs, e, antes ainda, algum outro lugar que nem eu, e talvez nem ele próprio, consigo lembrar —, que quando o conheci ele havia se tornado um daqueles correspondentes estrangeiros perdidos, sobre os quais você lê em Graham Greene, um cidadão da república do cinismo. Ele me explorava por informações que supostamente eu não deveria lhe passar — dicas sobre qual cartel pedia dinheiro emprestado a quem, e quanto, para controlar qual empresa de petróleo ou de alumínio, equações de ganância que o ajudavam a descobrir quem estava por cima e quem estava por baixo no Kremlin, quem seria o próximo presidente e quem seria mandado para um campo de prisioneiros em Magadan. Steve fingia checar minhas dicas e, então, usava-as em seus artigos para o *Independent* e para um jornal canadense que seus empregadores em Londres não conheciam. Eu também o explorava, para conversas em inglês que não falavam sobre bônus. Nós explorávamos um ao outro. Em outras palavras, éramos amigos. Acho que talvez ele fosse meu único amigo verdadeiro em Moscou.

Ele era um louro elegante que deve ter sido bonito em algum momento, mas, àquela altura, estava sulcado e rosado pelo Rioja. Parecia um pouco com o Boris Ieltsin.

— Steve — falei —, não deboche, mas acho que posso estar apaixonado.

Você nunca foi ciumenta, embora, por outro lado, nunca teve motivos para ter ciúmes. Acho que você consegue conviver com isso.

— Puta merda — disse Steve, agitando sua taça no ar.

Comíamos strogonoff de carne no restaurante francês nos fundos do shopping center de Smolenski, onde as amantes dos pequenos oligarcas tomam chá a preços exorbitantes, cercadas por pedicures. Era, eu acho, quase final de novembro. A neve pesada e intensa tinha chegado, caindo durante a noite inteira como em uma pegadinha, criando uma nova cidade em uma hora. Coisas feias se tornavam bonitas, coisas bonitas se tornavam mágicas. A praça Vermelha imediatamente se transformava em um cenário de filme — o mausoléu incrustado e o Kremlin forrado com neve, de um lado, e a loja de departamento imperial iluminada como um parque de diversões, do outro lado. Nos locais dos prédios e nos pátios das igrejas, bandos de vira-latas remexiam com otimismo a mistura de neve no chão. Os táxis de rua aumentaram seus preços: você sabia a quanto tempo os estrangeiros estavam em Moscou pelo tempo que permaneciam na brancura, negociando. As *babushkas* mendicantes estavam em suas posições chantagistas de inverno, ajoelhadas na neve das calçadas com os braços esticados. E, debaixo dos casacos de pele e expressões duras, você sabia que os russos estavam felizes, relativamente falando. Porque, com o fatalismo e o borche, a neve é parte do que os faz ser eles mesmos e ninguém mais.

— Ela também me ama, eu acho. Ou poderia. No mínimo, gosta de mim.

— Ela falou isso?

— Não.

— Escute — disse ele —, se ela disser, estará sendo sincera. Será sincera no momento em que o disser. Mas, vinte minutos depois, ela será sincera quando pegar seu cartão de crédito. Elas são sinceras em tudo.

— Você já se apaixonou, Steve?

— Sabe do que você precisa, Nick? Você precisa perder suas limitações morais. Do contrário, está perdido.

Mudei o assunto. Eu tinha decidido perguntar a Steve se ele poderia ajudar meu vizinho Oleg Nikolaevich a encontrar seu amigo. Eu mesmo tinha ido à polícia, como disse que iria, mas nada conseguira. Macha foi comigo: no último minuto, o próprio Oleg Nikolaevich disse que tinha um encontro urgente e não poderia ir, embora eu ache que ele foi acometido por um entranhado medo de uniformes. O detetive adolescente e cheio de espinhas que nos atendeu usava jeans e escutava um rap de gângsteres. Sobre a escrivaninha, havia uma placa que dizia "Não posso beber flores nem chocolates" e fotos em preto e branco do traiçoeiro presidente da Rússia e de Erwin Rommel. Ele nos olhou de uma maneira especial que, como suas mulheres em geral, alguns homens russos têm — uma versão comercial de uma cantada, como o sorriso de um caixeiro. "Você precisa pagar", sussurrou Macha em inglês. Eu me recusei; o detetive disse que não existia evidências de um crime e, portanto, não havia o que ele pudesse fazer. Quando estávamos saindo, ele disse que, se alguma vez eu tivesse pressa para chegar a uma reunião ou ao aeroporto, ele poderia me alugar um par de motociclistas. ("Bem", disse Oleg Nikolaevich quando eu lhe contei o que tinha acontecido na delegacia, "enquanto estivermos vivos, ainda é possível que um dia sejamos felizes".)

Pensei que talvez Steve conhecesse um policial amigável, alguém capaz de dar um susto, ou um arrombador, que pudesse fazer algumas perguntas e cutucar algumas lembranças ou consciências.

Steve disse que lamentava, mas os policiais que conhecia não eram desse tipo. Disse que eu não desperdiçasse meu tempo, porque Konstantin Andreievich provavelmente estava morto — caído no rio ou debaixo de um carro ou, talvez, tivesse tomado a birita errada e desmaiado em um bosque.

— Não se apegue muito — aconselhou-me Steve. — Eles só vivem até os 60 anos. Fique aqui por um tempo e as pessoas que você conhece começarão a morrer. Se você conhece dois russos com mais de 60 anos, as chances são de que um deles vai morrer. Especialmente os homens. Eles se matam de beber antes que consigam ver suas aposentadorias. Se você estiver entediado no metrô, existe um jogo: tente encontrar um velho. O jogo do espião russo.

— Alguma outra ideia, Steve? Quero dizer, para ajudar a encontrá-lo. Sério. Ele é um esquisitão legal, o meu vizinho, mas sem dinheiro nem *krisha* nem nada. Acho que sou sua única esperança.

— Esta é a Rússia — disse Steve. — Reze.

Eu desisti e lhe perguntei se sabia alguma coisa sobre meu novo conhecido de negócios, o Cossaco. Ele achou o Cossaco muito mais interessante.

— Um baixinho? — disse Steve. — Pálido, olhos de trapaceiro?

— Sim — concordei. — É ele.

— Não é um homem do petróleo — disse Steve. — Trabalha para a FSB. — Caso não reconheça as iniciais, a FSB é o novo modelo do KGB, tirando o comunismo e as regras.

— Dizem que ele foi condenado por assassinato, em algum lugar dos Urais, no começo dos anos 1990. A FSB o recrutou na prisão e o mandou para o Oriente, para trabalhar em seus esquemas ilícitos. Eu nunca o conheci realmente, mas uma vez estava em um bar na ilha Sakhalin e um escocês, piloto de helicóptero, me mostrou o cara. Ele estivera em Kamchatka controlando o contrabando de caviar, acho que o piloto disse, até que o transferiram para o salmão. Era cogitado para trabalhar com o governador da ilha, mas o tiraram de lá. Desde então, não ouvi mais falar dele. Imagino que ele trabalhou tão bem com os peixes que o promoveram ao time do petróleo. Crime, negociatas, políticos, contrabandos — o usual carrossel russo.

— Talvez ele tenha saído da FSB e entrado no mundo dos negócios — falei.

— Todos eles estão no mundo dos negócios — disse Steve —, mas nunca saem. Não existem ex-KGBs, como disse o presidente.

Perguntei se ele sabia alguma coisa sobre o terminal de petróleo que um dos nossos empréstimos estava financiando. O negócio parecia seguir sem problemas: o Cossaco estava prestes a receber a primeira bolada do seu dinheiro. Os bancos credores tinham modelos de capital de giro, estudos de viabilidade para o projeto traçados pelo enxame usual de consultores, e centenas de páginas de desistências e indenizações redigidas por nós. Como previsto, procurávamos garantias de cooperação do governador da região onde o terminal seria construído, da Narodneft quanto à quantidade de petróleo que bombeariam pelo terminal, e do Cossaco quanto à receita que seria destinada ao pagamento, tudo colocado numa conta caucionada. Estava assegurado, nos garantiram. Tudo estava nos trilhos, disse-nos o Cossaco: ele tinha certeza de que o terminal bombearia seus primeiros carregamentos para os petroleiros que atracariam ali no final do verão seguinte. O único problema apareceu quando Viacheslav Alexandrovich se preparava para uma visita e o pessoal do Cossaco disse que houve um pequeno incêndio e que seria melhor que ele esperasse algumas semanas.

— Parece plausível — disse Steve. — A capacidade dos oleodutos russos está mais ou menos estagnada, então eles estão desesperados por novas rotas de exportação. O presidente falou sobre isso na sua última entrevista na TV, ao vivo por telefone: "Esse é um dos grandes desafios da economia russa e damos boas-vindas à ajuda e aos investimentos dos nossos parceiros estrangeiros", a baboseira de sempre. E o transporte marítimo de petróleo deve, supostamente, ser o próximo grande feito. Levá-lo ao mercado europeu sem depender dos vizinhos bolcheviques com quem a Rússia continua tendo atritos. Eles têm uma baía sem gelo em algum lugar por lá — acho que na corrente do Golfo — que devem estar usando. Quem são os sócios?

Eram apenas a empresa de logística e a Narodneft, respondi.

— Interessante. Escute, tenho certeza de que seus bancos ficarão bem. Os russos têm petróleo e precisam vendê-lo. Eles conhecem as regras: podem extorquir o próprio povo, contanto que sejam legais com os estrangeiros. Mas, para eles, sempre há algum esquema, em algum lugar, Nick. Acho que usarão a empresa de logística para ficar com a melhor parte quando começarem a fazer dinheiro, assim a Narodneft não precisará mostrar todas as contas ao público. Você sabe o que significa Narodneft?

— Sim.

— Petróleo do povo. Uma maldita piada.

Steve fora chamado, certa vez, pelo Ministério dos Negócios Estrangeiros para ouvir gritos por ter ido à Chechênia sem permissão e ter descrito no seu jornal as conversas que teve com criminosos de guerra confessos. O ministro ameaçou revogar seu visto e, em resposta, diz a lenda, Steve lhes disse que fizessem isso, que o expulsassem, que o tornassem famoso. Se isso realmente aconteceu, ele blefara, porque, como todos os jornalistas que conheci em Moscou, Steve amava a Rússia. Tinha todos os restaurantes suntuosos e as cervejas importadas que se pudesse desejar e, ao mesmo tempo, preservara suficientemente os maus hábitos da velha escola de manter os furos em colunas de alguns centímetros, e do outro lado do mundo, em relação àquilo que quisessem esconder ou de que estivessem fugindo, independentemente do que fosse. A maioria deles, sobretudo Steve, disfarçava seu amor com um tipo de machismo moral. Era como se ele tivesse a obrigação contratual de ver o pior em todo mundo e em todas as coisas ou fingir que vê. Para um degenerado, ele podia ser, às vezes, um verdadeiro moralista escroto.

— Não sei, Steve — falei. — É uma prática comum entre as grandes petroleiras, você sabe disso: eles montam uma empresa para novos investimentos, para manter os débitos fora da folha de balanço. Não é apenas a Narodneft; as grandes empresas ocidentais fazem a mesma coisa. — Isso era verdade; era uma manobra usual da contabilidade. Embora eu provavelmente só tenha defendido o Cossaco porque Steve me alfinetou sobre Macha.

— Não é uma empresa ocidental, Nick. Escute — disse ele, balançando —, você precisa entender que a União Soviética produziu o oposto do que deveria ter feito. Todos eles deveriam amar uns aos outros, mas tudo acabou com ninguém se importando com ninguém. Nem o público. Nem os acionistas. Nem mesmo você.

Eu sabia aonde essa lenga-lenga chegaria: o comunismo não arruinou a Rússia, aconteceu o contrário; e, depois de mais três taças, a ascensão do estado da KGB, o legado de Ivã, o Terrível, e as vantagens das mulheres de São Petersburgo. Fitando seus olhos mortos e cheios de manchas, decidi que Steve estava com inveja — de mim e de Macha e de qualquer um que tivesse a esperança e a ambição de ser feliz. Sua aula cheia de meandros pela história russa estava chegando à longa duração do impacto da dominação mongol quando o interrompi.

— Estou acabado — falei, recostando-me enquanto empurrava meu prato. — Foi uma grande noite com Macha ontem. Acho que devo ir. Desculpe, Steve. Vamos nos encontrar logo, outro dia, combinado?

— Todos nós estamos acabados — disse Steve, levantando uma sobrancelha para um garçom e dando um tapinha em sua taça. — É a maldita Rússia. A bebida. A poluição. A comida horrível. Os malditos aviões. A merda que cai do céu quando chove? Você nem queira pensar sobre isso. A Rússia é como polônio. Ataca todos os seus órgãos de uma vez.

— Em que você está trabalhando agora? — perguntei enquanto colocava meu cachecol.

— Uma grande história sobre energia — disse ele. — Muito maior que seu pequeno terminal de petróleo.

— Qual é o ângulo dessa vez? Negócios ou política?

— Na Rússia — disse Steve —, não há histórias sobre negócios. E não há histórias políticas. Não há histórias de amor. Só há histórias de crimes.

SEIS

Em todos os invernos russos havia momentos em que eu pensava que não aguentaria. Momentos em que eu podia ir direto para o aeroporto, se não soubesse que o tráfego estaria tão terrível. Caminhar se tornava uma corrida com obstáculos, com montes de neve a serem contornados e estreitas trilhas transitáveis nas calçadas, onde você enfrentava as pessoas que vinham na direção oposta. Sabe aquela coisa que acontece em Londres quando você dá de cara com alguém na calçada e, se tenta passar por um lado, a pessoa se move na mesma direção, e vocês continuam no caminho um do outro — mas, no fim, vocês se entendem, sorriem diante da intimidade acidental e da má sorte inofensiva e seguem em frente? Isso não acontece em Moscou. Uma vez ou mais por mês, eu esqueço de curvar os dedos dentro das minhas botas revestidas com pele, meus pés giram para cima e meu traseiro para baixo, e vivo um longo, longo segundo em que agito os braços num terror impotente enquanto espero bater no gelo.

E tem os homens de laranja. Todos os anos, depois da primeira nevasca real, alguém no escritório do prefeito aperta um botão, fazendo com que um exército de homens em macacões laranja, servos modernos originais do Tadjiquistão, Uzbequistão e Seja-onde-for-quistão, emerja, como calmos alienígenas invasores saindo da terra ou de um lugar além do anel viário da cidade. Eles dirigem caminhões pré-históricos, formando pilhas de neve e derretendo pedaços teimosos de gelo com químicas equivalentes às usadas em armas de destruição em massa. Na rua onde eu morava, eles empilhavam toda a neve em um lado, enterrando qualquer carro que tenha sido deixado ali descuidadamente, o que, naquele inverno, incluiu o enferrujado Zhiguli. E, toda noite, por volta das quatro horas da manhã, os homens de laranja aparecem com enxadas, para tirar o gelo das calçadas, fazendo um barulho sob o qual só um morto conseguiria continuar dormindo — um barulho entre o arranhar de unhas num vidro, as marteladas em um estaleiro e os uivos de gatos no cio. A pior parte era minha maldita ingratidão. Eu não gostava deles, mas, ao mesmo tempo, sabia que só por uma sorte estúpida eu estava aquecido em casa, às vezes com uma mulher ao meu lado, enquanto eles estavam na rua acabando com suas colunas.

Em uma noite de mau humor, por volta do final de novembro, em vez de correr para o aeroporto, fugi para Macha e para a loja de celulares onde ela trabalhava, perto da estação de metrô Novokuznetskaia. Ela não estava me esperando. Virei à direita em direção à galeria Tretiakov, passando por uma igreja abandonada e, em frente a ela, uma cafeteria subterrânea que visitei uma vez, onde garotos russos privilegiados escutam músicas revoltadas e fingem ser dissidentes. A loja de Macha era a seguinte. Espiei pela vitrine.

Ela estava sentada atrás de uma escrivaninha, usando uma faixa no cabelo e escutando um jovem casal com calças jeans lavadas que somente pareciam gastas para explicar suas necessidades telefônicas. A loja tinha uma recepção, onde você pegava uma senha em uma máquina e esperava ser chamado ao escritório onde Macha e as outras vendedoras ficavam. A sala de espera era um pandemônio onde só se podia ficar em pé, com a atmosfera como eu imaginava existir no interior da Arca. (Na época, havia mais telefones celulares do que pessoas em Moscou; em grande parte, se dizia, porque todos os homens tinham um número apenas para falar com suas amantes.) Uma mulher num canto distante gemia como se estivesse parindo. Limpei meus óculos embaçados pelo vapor e tentava abrir caminho pela multidão quando as portas internas se abriram e Macha saiu para me encontrar.

— Kolia — disse ela em seu maravilhoso rosnado, aquela voz que chegava às minhas entranhas —, vá, por favor, para o Raskolnikov's, na Piatnitskaia e espere. Eu chego vinte minutos talvez.

— Tudo bem — concordei. Observei-a voltar para sua escrivaninha; sua parte mais baixa acomodada nas calças pretas sociais e justas, suas curvas superiores suavizadas por um moletom verde da empresa.

Fiz o que me foi dito e esperei ao lado da janela no Raskolnikov's, uma cafeteria aconchegante escondida em um pequeno pátio e que não se esforçava muito para ser descoberta. Macha, por fim, entrou no pátio. Vestia um casaco vermelho que parecia uma manta de retalhos, porém mais sexy. Usava saltos altos que havia colocado depois do seu turno, nos quais ela, de alguma maneira, caminhava sobre a neve como Jesus sobre a água. Ela possuía uma perfeita suspensão para o inverno. Entrou, tirou o casaco e se sentou à minha frente.

— Como foi o trabalho? — perguntei.

— Qual é o problema com você?

Não sei o que estou fazendo aqui, eu quis dizer, *e não apenas na Rússia, estou sozinho, eu amo você.*

Você não ficará surpresa ao saber que não falei essas palavras. Em vez disso, murmurei alguma coisa em inglês. Disse que estava me sentindo um pouco para baixo, um pouco cansado, que quis vê-la e que esperava que ela não ficasse chateada com minha intromissão.

— Escute — disse ela. — No sábado, vamos para *datcha*.

— Que *datcha*?

A *datcha* russa é um lugar físico, o lugar mais físico, um retiro terreno onde você cultiva batatas, salga cebolas e pesca. Mas é também um lugar na imaginação, um lugar que não é Moscou, onde não há engarrafamentos, pessoas à sua volta ou a polícia.

— É *datcha* do avô da minha amiga Anya. Mas ele nunca vai lá. Tem *bania*, vamos fazer *chachlik*. Com Katia. Você vai se sentir melhor.

— Está bem — falei. — Bom.

— Mas antes, na manhã, nós vamos para Butovo.

— Por que iremos a Butovo?

— Vamos com Tatiana Vladimirovna — disse Macha.

— Por que Tatiana Vladimirovna vai a Butovo?

Butovo é um subúrbio pendurado na cidade monstruosa, na sua parte mais ao sul; o tipo de lugar que, imagino, deve ter sido uma aldeia separada antes que Moscou inchasse até engoli-la, como os subúrbios de Middlesex foram sugados por Londres através do metrô.

— Ela talvez queira viver lá e, no sábado, vamos com ela para ela decidir.

Eu me lembrei delas se referindo a um plano, naquela tarde em que Macha e Katia me apresentaram à tia. Imaginei que pudesse ser isso.

Macha colocou a mão no meu joelho sob a mesa, deslizando as unhas para cima, no interior das minhas coxas.

— Não se preocupe, Kolia — disse ela. — Eu amo você.

* * *

No sábado, nós três apertamos o velho e barulhento interfone do prédio de Tatiana Vladimirovna e lhe perguntamos se estava pronta. "Sempre pronta", disse ela, deixando-nos entrar para não esperarmos na neve suja. "Sempre prontos" era o slogan dos Pioneiros, Macha me disse — o equivalente dos antigos soviéticos para os escoteiros, que eram ensinados a desmascarar espiões e a denunciar *kulaks* tanto quanto a fazer fogueiras.

Tatiana Vladimirovna desceu para nos encontrar, vestindo uma espécie de túnica de inverno reforçada marrom e acolchoada, um cachecol azul e alegre, luvas e o que era chamado em Luton, nos anos 1980, de botas lunares. Ela carregava uma grande sacola plástica, dentro da qual, descobrimos depois, havia um pote Tupperware com arenques em conserva, alguns ovos cozidos e um frasco de chá doce, que ela começou a nos pressionar para tomar assim que trocamos de linhas no metrô, em Borovitskaia, e nos acomodamos para um longo caminho até Butovo. Ela havia embrulhado um pouco de sal em um pedaço de papel marrom, para usarmos nos ovos.

— Muito tempo atrás — murmurou Tatiana Vladimirovna para mim, em russo —, Piotr Arkadievich e eu íamos a Butovo catar cogumelos na floresta e nadar no lago. Mas não havia metrô na época. Tomávamos um ônibus e depois caminhávamos.

Íamos para Butovo, Macha me explicara, porque Tatiana Vladimirovna conhecia um homem chamado Stepan Mikhailovich, cuja empresa estava construindo um novo conjunto de apartamentos exatamente no final da cidade, e estava pensando em se mudar para lá. Ela pararia de trabalhar no museu na primavera, disse Macha, e queria sair do centro de Moscou, onde havia carros demais, criminosos e poucos bosques. O plano era trocar seu apartamento na frente do lago pelo lugar em Butovo.

Era um legado da época dos soviéticos, contou-me Macha, a ideia de trocar apartamentos. Você nunca possuía seu apartamento nos velhos tempos, disse ela — você nunca possuía qualquer coisa exceto, talvez, sua tumba —, mas podia negociar seu direito de viver ali pelo direito de outra pessoa de viver em outro lugar. Algumas pessoas ainda faziam trocas, disse Macha, em parte porque não confiavam em si mesmas o suficiente para não beber o dinheiro, se fossem pagas em dinheiro por suas posses. Nesse caso, disse ela, Stepan Mikhailovich provavelmente também daria a

Tatiana Vladimirovna alguma quantia em dinheiro, porque seu apartamento no centro valia mais do que o novo lugar em Butovo. Eles não tinham combinado quanto ele daria a ela; eles discutiriam os detalhes depois. Naquele dia, só o encontraríamos e olharíamos o apartamento; depois, voltaríamos a Moscou, pegaríamos nossas provisões e entraríamos em outro trem para a *datcha*.

* * *

A parte velha do metrô de Moscou, no centro da cidade, é o tipo de sistema subterrâneo alcançado se você der a um tirano maníaco todo o mármore, o ônix e os seres humanos descartáveis que ele puder sonhar. Mas a rede desiste das suas malaquitas, dos vitrais e dos baixos-relevos caprichados e se ergue sobre o solo muito antes que se chegue a Butovo, que é mais ou menos até onde ela vai. Quando saímos da estação de metrô, havia edifícios de apartamentos novos e altos por todo lado, brancos e cor de pêssego e não tão feios quanto os soviéticos, separados por gramados espetados.

Fizemos sinal para um carro e, no caminho até o prédio, lembro-me, o motorista nos deu uma amostra de um rápido lamento por sua juventude perdida e por sua pátria perdida. Ele tinha sido engenheiro na época soviética, contou-nos.

— Hoje em dia — disse —, os chineses estão espertos demais para nós... Estamos entregando todos os nossos recursos naturais... Todos acima dos 40 anos estão acabados na Rússia.

Seguimos em direção ao final dos prédios altos e viramos à esquerda.

O prédio em que chegamos marcava o final de Moscou. De um lado, havia toda a cidade e o estresse, mas, do outro lado da estrada, havia a parte de Butovo da qual Tatiana Vladimirovna se lembrava de muitos anos atrás, um idílio incerto de uma Rússia com casas de madeira inclinadas e com pequenos pomares ao lado e atrás delas. Além das casas, com suas janelas ornamentadas, cercas frouxas e telhados cheios de ferrugem, havia um pequeno bosque de bétulas prateadas e, além, uma floresta mais verde — onde parecia ainda ser possível catar cogumelos.

Era por volta de dez e meia ou onze horas da manhã. Esperamos a chegada de Stepan Mikhailovich na frente do prédio, batendo os pés. Estava frio, mas eu tinha passado para meu casaco de inverno mais quente, um agasalho preto de esqui que me fazia parecer o mascote da Michelin, com um revestimento termonuclear que mantinha meu sangue fluindo mesmo em temperaturas napoleônicas. O ar estava menos corrosivo do que no centro da cidade. Podíamos sentir o gosto dos pinheiros.

Macha fez uma ligação. Então, disse:

— Ele está vindo; Stepan Mikhailovich está vindo.

Stepan Mikhailovich chegou após cerca de cinco minutos. Era um homem magro, com um pequeno rabo de cavalo e um sorriso nervoso. Não podia ter mais de 25 anos, mas, como muitos negociantes russos ambiciosos eram quase pubescentes, não fiquei surpreso. Ele apertou a mão de Macha, de Katia e a minha e se curvou para Tatiana Vladimirovna. Entramos; Stepan Mikhailovich entrou por último, procurando um interruptor de luz. O prédio não estava terminado: as paredes não tinham pintura, o piso no vestíbulo não estava coberto e o aquecimento não parecia funcionar. Estava pelo menos tão frio quanto na rua. O elevador ainda não havia sido instalado, portanto subimos as escadas de concreto até o sétimo andar e o apartamento que logo poderia ser de Tatiana Vladimirovna, afastando os fios elétricos rebeldes que escaparam dos seus suportes no teto. Tatiana Vladimirovna não aceitou o braço que lhe ofereci, mas parou duas vezes para se curvar, arfar e apoiar as mãos nos joelhos. O prédio cheirava a tinta e a cola.

No sétimo andar, Stepan Mikhailovich, usando uma chave e seus ombros, abriu a teimosa porta de um apartamento. O apartamento tampouco parecia pronto, tudo estava nu e com apenas uma camada de tinta, mas dava para ver como deveria ser: um pequeno paraíso Ikea, com janelas grandes e pé-direito alto, dois grandes quartos quadrados e uma cozinha ligada à sala de estar. Havia dois balcões; um, virado para Moscou, em um dos quartos, e o outro, na sala de estar, dando para a floresta.

— Está vendo, Tatiana Vladimirovna — disse Macha enquanto parávamos na sala de estar —, você já não precisará carregar sua comida pela cozinha.

Tatiana Vladimirovna não respondeu, mas saiu para o balcão. Eu a segui, garantindo que eu poderia pular para trás caso ele se desfizesse. De cima, era possível ver, do outro lado da estrada, o caos de terrenos emaranhados, um casal de bodes fortemente amarrados e o vislumbre de um lago congelado em algum lugar entre as árvores. Acima deles, o sol brilhava vagamente no leitoso céu de novembro; velho, mas forte. Em abril — entre o degelo e a explosão do verão em verdes da floresta — ou em meados de outubro, a mesma paisagem seria árida e deprimente, eu aposto. Mas, enquanto ficávamos ali, todos os pedaços de velhos tratores e de geladeiras descartadas, o monte de garrafas de vodca vazias e os animais mortos que tendem a se espalhar pelo interior russo eram invisíveis, suavizados pelo esquecimento anual da neve. A neve deixa que você esqueça as cicatrizes e as manchas, como uma amnésia temporária para uma má consciência.

Tatiana Vladimirovna respirou profundamente e suspirou. Pensei que podia vê-la antecipando o resto da sua vida, uma *coda* inesperada e sortuda fazendo as grudentas compotas de frutas que as mulheres russas velhas gostam de fermentar, conversando com outras *babushkas* com seus lenços na cabeça, fingindo que os últimos setenta anos nunca aconteceram.

— Você gosta, Tatiana Vladimirovna? — perguntou Macha.

Mais uma vez, Tatiana Vladimirovna não respondeu, mas voltou para o apartamento e andou pela sala de estar. Parou perto de uma janela na lateral do edifício que mostrava tanto o final da cidade como o começo do campo. Pela janela, se podia ver as torres brancas de uma igreja escondida na floresta, com pequenos domos dourados e cruzes ortodoxas prateadas no topo.

— Eu acho — disse Tatiana Vladimirovna — que vou colocar aqui a escrivaninha de Piotr Arkadievich. O que você acha, Nikolai?

— Acho que ficará ótimo — falei. Eu realmente pensei que era bom e adequado para ela, tenho certeza de que pensei. Mas não pensei o bastante. Eu queria voltar para a cidade, para a *datcha*, para a *bania* e para a noite.

93

— Sim — concordou Katia, sorrindo com seu jeito inescrutável, seu nariz doce e rosado de frio —, é muito agradável, Tatiana Vladimirovna. Muito bonito. E tanto ar fresco!

— Stepan Mikhailovich — disse Macha, andando em direção a ele pelo piso frio, com sua manta vermelha, e tocando-o no braço —, quando você acha que o prédio ficará pronto?

— Acho que em um mês — falou Stepan Mikhailovich. Um mês parecia um prazo otimista, embora na Rússia nunca se saiba. Eles podiam chafurdar na lama e na vodca por uma década e, então, erguer um arranha-céu ou executar uma família real em uma tarde, caso se determinassem e tivessem os incentivos certos.

Stepan Mikhailovich fez uma pausa e, então, disse:

— Acho que Tatiana Vladimirovna será muito feliz aqui. É limpo e não tem carros nem imigrantes demais.

Tatiana Vladimirovna sorriu e saiu outra vez para o balcão, sozinha. Eu a vi levantar uma das mãos enluvadas até os olhos. Pensei que estivesse chorando, mas eu estava atrás dela e não podia ter certeza.

Eu não fiz nada do que me envergonhar, fiz? Alguma coisa que você poderia levantar contra mim? Não, na verdade. Não ainda.

* * *

Nós nos oferecemos para acompanhar Tatiana Vladimirovna até sua casa, mas ela disse que não. Em vez disso, nos despedimos e a deixamos no metrô quando descemos para nos transferir para a linha vermelha e passar por mais duas paradas até Puchkinskaia. Andamos pela Bolshaia Bronnaia até o supermercado na esquina do meu prédio. No balcão do açougueiro, fiz outro gesto de mão que, como o movimento rápido do pescoço e o tapinha nas dragonas imaginárias que Macha me ensinara naquela noite no Sonho do Oriente, parecia ser entendido por todos os russos. Estendi as mãos à minha frente e girei meus punhos, como se girasse maçanetas imaginárias. O homem atrás do balcão entendeu meu sinal para *chachlik* e embrulhou um quilo de cordeiro marinado. Pegamos um trem para o subúrbio na estação Belorusski, do outro lado da cidade comparado a Butovo e em direção à *datcha* prometida.

Durante uma hora no trem que trepidava, eu me lembro, nós fomos atropelados por um tipo de cabaré miserável — uma corrente de mendigos e ambulantes, uns atrás dos outros nos vagões, vendendo cerveja, canetas, cigarros, sementes assadas de girassol, DVDs pirateados, perfumes para todos os fins (para usar ou beber). Ou tocavam acordeão ou, ainda, explicavam como perderam uma perna ou o marido na Chechênia. Havia prostitutas, fugitivos e sacrifícios humanos variados. Dei 100 rublos a uma velha com o rosto torto e um casaco fino. Mais ou menos às três horas da tarde, eu acho, nós descemos.

Lá era bonito. A estação era apenas uma plataforma de madeira sobre estacas, com uma tabuleta antiga que dizia Orekhovo ou Polinkovo ou algo assim, um dos graciosos nomes pré-revolucionários do interior russo, que foram modificados quando eles coletivizaram tudo e trazidos de volta depois que o muro caiu. Ficamos sozinhos na plataforma, respirando juntos e criando sombras longas e escuras na neve. Havia bosques por toda a nossa volta e os galhos das árvores estavam cobertos de neve como se houvessem sido salpicados com açúcar de confeiteiro. Descemos, de forma desengonçada, os degraus no final da plataforma e atravessamos os trilhos e as ripas entre eles; Macha e Katia grudadas nos meus cotovelos. Subimos uma trilha vaga entre um amontoado de bétulas prateadas, com seus galhos graciosamente angulares onde a neve se assentava, na direção do que parecia uma atividade humana.

É um país estranho a Rússia, com seus pecadores talentosos e seus santos ocasionais, santos de boa-fé que só um país com tão consumada crueldade poderia produzir, uma mistura louca de sujeira e de glória. Havia a mesma combinação naquela tarde. Era o tipo da aldeia russa onde uma guerra parece ter acabado naquele momento, embora isso não fosse verdade: o tipo que qualquer pessoa sóbria e capaz abandonou, deixando para trás apenas os lunáticos, os criminosos e os policiais. Havia uma loja. Dois homens barbados e destroçados estavam lá dentro, possivelmente esperando que um terceiro aparecesse e dividisse uma garrafa de vodca com eles. Entramos para comprar água e carvão.

As garotas pegaram as sacolas que trouxemos de Moscou e o carvão, deixando-me com a água; as alças do grande vasilhame de plástico ferroavam minhas luvas de inverno. Elas me guiaram para uma trilha que passava ao longo de um conjunto de apartamentos cinza e levava a um pequeno portão enferrujado. Macha abriu-o com uma grande chave antiga, como um guarda de prisão, e entramos em um cartão de Natal da Rússia: as bétulas se alternando com luxuriantes pinheiros e o chão entre eles formado por um ingênuo branco puro. Enquanto avançávamos pela neve, com esforço, um galho estalou como um chicote e ricocheteou pelas árvores ao nosso redor. A cem metros, havia um regato parcialmente congelado, onde a água se movia entre as pranchas de gelo encaixadas, que cruzamos em uma ponte para pedestres unidas por cordas, sem algumas ripas e com a instabilidade dessas pontes em parques de diversão. Tive a sensação de ser um figurante em um filme siberiano do *Indiana Jones*.

Do outro lado do riacho, espaçada entre as árvores, estavam as *datchas* — bangalôs de madeira caindo aos pedaços, espetados na neve. Vi fumaça saindo de uma das chaminés, mas o resto parecia deserto. Pingentes de gelo, como adagas floreadas, pendiam dos telhados. Não vimos outra pessoa.

Nossa *datcha* era o quinto ou o sexto bangalô, construído em um jardim, onde a neve era perturbada apenas pelos finos padrões geométricos deixados pelas patas das aves. A casa se inclinava em um ameaçador ângulo como o da torre de Pisa e parecia uma daquelas casas dos filmes mudos de comédia, como se estivesse fadada a cair e nos manter em pé sobre a moldura de uma janela, entre ruínas inocentes. Mas, por dentro, era muito mais espaçosa do que parecia. Na sala de estar, havia um relógio parado do tempo do seu avô e fotografias de ancestrais mortos em porta-retratos manchados, e uma lâmpada elétrica pendia do teto. Havia um sofá que deve ter sido o tesouro de alguém, com um tecido com bordados dourados e cegonhas aninhadas entalhadas nos painéis de madeira sob o descanso dos braços. Em um pequeno segundo quarto, encontramos um fogão a gás com uma única boca, um bujão, uma mesa e uma escada inesperada, que levava a um quarto de dormir no beiral. Esse cômodo tinha uma cama de solteiro forrada e uma janela coberta de neve que mostrava o bosque.

Macha se ajoelhou, tirando pedaços de madeira de um cesto perto da porta e colocando-os na boca de uma velha estufa russa construída na parede, como aquelas que os antigos servos usavam para se aquecer durante o sono. Katia saiu para começar a cozinhar a *bania* numa pequena cabana separada, com seu próprio fogão e chaminé, a cerca de 20 metros da *datcha*, quase nas árvores. Macha apontou a churrasqueira, uma cuba de metal com pernas destacáveis que estava escondida embaixo da mesa.

Desembrulhei a carne que havíamos comprado e prendi os pedaços nos espetos, que tinham uma crosta impressionante. Saí com a churrasqueira e o carvão. Fiquei sozinho, cuidando do fogo no silêncio do inverno. Começara a nevar; os largos flocos sem peso crepitavam no carvão. Ali, eu me lembro, experimentei a sensação feliz de bem-estar que expatriados às vezes sentem. Eu estava muito distante das coisas e das pessoas sobre as quais não queria pensar — incluindo eu mesmo, meu velho eu, o advogado indiferente com uma vida indiferente que eu deixei em Londres. O eu que você conhece agora. Eu estava em um lugar onde todo dia quase qualquer coisa pode acontecer.

Cerca de uma hora mais tarde, estávamos sentados lado a lado no sofá da *datcha* aquecida, comendo churrasco de cordeiro com o pão pita armênio e um apimentado molho de romã da Geórgia, bebendo, em pequenos copos lascados, vodca gelada pela neve, seguida pela cerveja. O cabelo de Macha estava solto sobre os ombros. Elas comiam com o concentrado oportunismo silencioso que os russos parecem herdar.

— Eu gosto do seu amigo — disse Katia.

— Qual amigo?

— No clube. No Rasputin. Amigo que ajuda a gente.

— Ele não é meu amigo — falei.

— Talvez devesse ser seu amigo — disse Macha. — Ele é pessoa útil.

Ela sorriu, embora eu não ache que estivesse brincando. Eu gostava da franqueza dela, mas não queria falar sobre o Cossaco.

— Quem é Ania? — perguntei a elas.

— Quem? — perguntou Katia.

— A garota cujo avô é o dono desta *datcha*.

— O avô dela tem *datcha* pelo tempo que trabalhou na ferrovia — explicou Katia. — A ferrovia era proprietária dessa terra toda e deu um pedaço para todo mundo. Mas ele nunca vem aqui e Ania mora em Nizhni Novgorod. Acho que seu avô talvez tenha morrido. Ela é também nossa irmã.

— Vocês têm outra irmã? — perguntei.

Elas sorriram. Pensaram um pouco.

— Sabe, Kolia — disse Macha —, na Rússia essa palavra, irmã, não significa somente filha dos seus pais. Pode também significar filha dos irmãos ou irmãs dos pais. Acho que, em inglês, vocês têm outra palavra para irmã desse tipo?

— Prima — respondi. — Eu não sabia disso.

— *Da* — disse Macha. — Prima.

— E Katia é que tipo de irmã? — perguntei.

— Ela também é prima — disse Macha, depois de uma pausa.

— Sim — concordou Katia, com suas bochechas avermelhadas pelo molho e pela vodca —, eu sou prima. — Lambeu os últimos restos em sua mão.

— Sua família também está em Murmansk? Como a mãe de Macha?

— Acho que sim — disse Katia. — Sim, em Murmansk.

Então, não eram irmãs. Não exatamente o que pensei que fossem. Pela primeira vez, com elas, senti-me como quando percebia, às vezes, que um motorista de táxi em Moscou estava bêbado ou era maluco e mantinha as mãos na maçaneta da porta, analisando quando pular e sabendo, o tempo todo, que não faria isso. Nunca fiz.

Eu poderia ter perguntado mais sobre a família delas e sobre como eram parentes, mas Macha deixou seu prato e disse:

— Vamos, *bania* está pronta.

* * *

A casinha tinha uma antessala minúscula e gordurenta, mais ou menos do tamanho de um closet grande, com alguns ganchos na parede e uma portinhola no fogareiro, pela qual Katia colocou mais lenha no fogo. Ficamos ali por alguns segundos, como se fôssemos estranhos em um elevador frio. Então, tiramos nossas roupas; traseiros e cotovelos se batendo e se esfregando. Elas usavam calcinhas fio dental — tenho a impressão de que havia uma lei obrigando as mulheres russas solteiras a usá-las — com babados cor-de-rosa no caso de Katia, com sutiã combinando; não consigo me lembrar do conjunto de Macha. Elas os tiraram. Eu tirei as modernas cuecas *boxer* que havia escolhido com todo o cuidado e coloquei meus óculos dentro de uma das minhas botas.

— OK — disse Macha —, rápido!

E nos lançamos no vapor antes que ele escapasse.

Não havia nenhuma das amenidades — o chá de limão, os massagistas fortes, a conversa sussurrada entre os homens peludos poderosos — comuns nos locais da elite de Moscou, aonde às vezes eu ia com Paolo. Mas essa, definitivamente, é a *bania* da qual mais me lembro. Tinha um banco rústico, artesanal, e uma janela que deixava entrar a luz enfraquecida. Na parede oposta à janela, havia um prato de metal, que era o fundo do fogareiro: para formar o vapor, você jogava a água de um pequeno balde no prato de metal. Já estava impossivelmente quente. Sentamos no banco, tentando não colocar os pés no piso que assava. Eu estava no lugar mais quente, perto do fogareiro; Katia estava em um lugar um pouco alto, perto da janela. Era uma daquelas situações em que você tenta não olhar, fracassa e se consola porque provavelmente estava implícito que você olharia. Seus seios eram firmes como os de manequim, maiores que os de Macha, e ela não era realmente loura.

Ficamos sentados, pele com pele; nosso suor escorrendo junto e se juntando no piso.

— Então, Kolia — disse Katia —, o que você acha de Butovo? Como casa para Tatiana Vladimirovna?

— Achei muito legal.

— Não tenho certeza — disse Macha, com suas longas pernas pouco visíveis e seu rosto no escuro. — É muito longe. Talvez eu goste mais do velho apartamento de Tatiana Vladimirovna.

— Mas se ela quiser ir para Butovo — falou Katia —, talvez você ajuda, Kolia. Quero dizer, papéis. Coisas legais. Papéis do apartamento velho que Stepan Mikhailovich pode precisar. Ela é velha soviética e não entende.

Era difícil conversar — o ar quente invadia e escaldava o fundo da minha garganta quando eu abria a boca —, e eu só disse "Sim".

Cozinhamos por quase vinte minutos. Eu já estava tonto por causa da vodca e queria sair depois de cinco minutos, mas não queria ser o primeiro a desistir. Por fim, Macha disse:

— Agora, nos lavamos.

— Como nos lavamos?

— Na neve — disse Katia.

— Nós pulamos na neve — explicou Macha.

— Não é perigoso? Sabem — arfei, apontando meu peito no escuro —, para o coração?

— A vida é perigosa — disse Macha, passando um braço à minha volta. — Até hoje, ninguém sobreviveu a ela.

Deslizamos pelo piso escorregadio e fechamos a porta. Passamos sem parar pela antessala. Macha e Katia mergulharam, dando risadas e com o rosto para baixo, em uma neve intocada e profunda que havia perto da cerca dos fundos, debaixo de um pesado pinheiro. Eu tremi por cerca de três segundos e pulei atrás delas.

Senti como se tivesse sido estapeado em todo o corpo ou ferroado por milhares de abelhas, mas de um jeito bom, em que a neve matava o calor da *bania* em uma pulsação presa. Mais do que isso, senti que fiz alguma coisa imprudente, como um mergulho alto ou roubar um trem, e sobrevivi. O formigamento dolorido provava que eu estava vivo, que cada polegada minha estava viva, mais viva que nunca.

Essa é a verdade sobre os russos que eu não entendi até que fosse tarde demais. Os russos farão o impossível: o que você acha que não pode fazer, o que nunca lhe ocorreu. Eles incendiarão Moscou quando os franceses estiverem a caminho ou envenenarão um ao outro em cidades estrangeiras. Eles farão isso e se comportarão como se absolutamente nada tivesse acontecido. E se ficar na Rússia por tempo suficiente, você também fará.

Quando nos levantamos, olhei a neve — agora mexida, mas luminosa na escuridão — e, através dos meus olhos fracos e sem lentes, a marca que o corpo de Macha deixou na neve parecia ter a forma de um anjo. Corremos de volta para a casinha, com nossos pés dormentes e gelo se formando nos nossos cabelos. Katia agarrou suas coisas e correu, nua, para a *datcha*. Eu peguei minhas botas, mas Macha tomou-as de mim, deixou-as cair e me levou de volta para o calor.

— Tinha uma *bania* em Murmansk? — perguntei. Mal podia vê-la na escuridão abrasadora.

— Sim — disse ela, e foi tudo o que disse.

No começo, ela parecia uma estranha, fria como um cadáver em quase todos os lugares, exceto a boca, por causa da neve, mas molhada e elétrica. Ela era meu esquecimento particular, minha avalanche pessoal no ar fino da *bania*. Ela apagou, naqueles minutos, o assustador Cossaco, o desperdício dos meus 30 anos e todas as minhas dúvidas.

* * *

Acordei durante a noite sem saber onde estava. Lembro que me acalmei com o pensamento de que estava na minha cama em Birmingham, na última casa de estudantes em que vivi, em uma das ruas mais agitadas de Edgbaston. Então vi Macha adormecida ao meu lado, na cama estreita do sótão, debaixo das cobertas gastas. Os lindos cabelos louros sobre suas costas brilhavam à luz da lua que entrava pela janela, como uma carta de amor escrita no seu corpo com tinta invisível.

Eu precisava mijar; a fraqueza noturna que me assaltou no meio dos meus 30 anos — uma indicação precoce da cova, quando se pensa sobre isso, como as novas e perturbadoras dores de cabeça nas ressacas aos 20 anos. Desci rangendo as escadas, vestindo minhas cuecas *boxer*, passei por Katia dormindo no sofá, coloquei minhas botas e meu casaco e saí, esforçando-me para andar pela neve. Mijei e vi minha quentura animal se misturar à neve funda na minha frente. Sob o luar, distingui as folhas verdes no fundo do buraco que eu havia formado na brancura.

Quando penso, agora, nos meus anos perdidos em Moscou, apesar de tudo o que aconteceu e tudo o que fiz, ainda penso nessa noite como meu momento mais feliz, o momento para o qual eu sempre voltaria se pudesse.

| SETE

Às vezes, no meu tempo em Moscou, eu escutava na rua ou por uma janela — ou pensava que escutava — um som como o ganido que os táxis pretos fazem em Londres quando freiam para evitar uma colisão ou quando viram em uma esquina. Eu gostaria que, às vezes, alguém houvesse me pedido desculpas quando eu pisasse nos seus pés no metrô, como as pessoas fazem no metrô londrino. Baseado nesses reflexos, acho que se pode dizer que essa parte em mim tinha saudades da Inglaterra. Algumas vezes, eu realmente desejava relaxar, só por uma hora ou algo assim, na familiaridade respeitadora das leis e sossegada. Mas o sentimento nunca era suficiente para que eu quisesse voltar, nem no final. Londres e Luton realmente já não eram meu lar.

Na véspera daquele Natal, fui levado ao aeroporto Domodedovo, através da neve derretida suja e cinzenta, por um motorista que gostava de compartilhar sua prova científica de que as mulheres russas são as mais bonitas do mundo, com a possível exceção das venezuelanas. A teoria, eu me lembro, tinha algo a ver com a pouca quantidade de homens na Rússia depois da guerra e como eles puderam escolher entre uma abundância de garotas, que, por sua vez, tinham dado à luz lindas filhas e assim por diante. Alguém importante deve ter passado por ali, porque nas ruas havia barricadas de carros policiais, e ficamos parados sob o braço estendido da estátua de Lênin, coberto de neve, em Oktiabrskaia. O reservatório congelado estava cheio de pescadores, sentados perto dos buracos que cortaram na superfície. No aeroporto, enquanto meu passaporte era carimbado, senti a leveza que todos sentem, mesmo se amam Moscou — o alívio de se livrar do peso dos rudes seguranças das lojas, da polícia predatória e do clima impossível —, a leveza de deixar a Rússia.

Quando chegamos a Londres, já estava escuro. Do céu, as luzes ao longo das estradas e nas margens do rio e inflamando os estádios de futebol pareciam se exibir em um show elétrico só para mim, em minha honra, o herói conquistador da advocacia empresarial.

Três horas mais tarde, na casa geminada dos meus pais em Luton, eu gemia por dentro e engolia o uísque comprado em supermercado que meu pai me ofereceu. Eles sempre se esforçam, mas você sabe como são — de alguma forma, o ambiente consegue ser claustrofóbico e solitário ao mesmo tempo. Eu cheguei antes dos outros e dormi no quarto que dividi com meu irmão até que ele fosse para a universidade. Minha mãe repetiu que queria me visitar, conhecer São Petersburgo, e perguntou como era o começo de março. Frio, eu lhe respondi, ainda muito frio. Meu pai sentia dores nas costas, mas ele se esforçou, eu pude ver, e me perguntou como estava o trabalho e se o presidente russo era tão ruim como diziam os jornais. Não sei por que ele sempre parecia, no fundo, tão desapontado comigo. Podia ser alguma coisa moral, por eu fazer um trabalho que tinha mais a ver com dinheiro do que com melhorar o mundo. Ou podia ser o oposto, e eu, Moscou e a grana que eu estava ganhando o lembravam de tudo o que ele nunca fez nem faria.

No dia de Natal, meu irmão chegou de Reading, com a esposa e seus filhos, William (o que surrupiou seu iPod no aniversário de 70 anos do meu pai) e Thomas; minha irmã veio de Londres, sozinha. Demos uns aos outros os presentes comuns, práticos e impessoais; meias, cachecóis e os vales-presentes da John Lewis que diziam "eu desisto". Eu levara bonecas russas e gorros de pele para as crianças e comprei todo o resto no Duty Free.

Poderia ter sido legal. Não havia razão para não ser legal. Nós apenas seguimos caminhos diferentes e nos perdemos uns aos outros, o que nos deixou sem qualquer coisa em comum, exceto algumas histórias leves, envolvendo passeios em burros e overdoses de sorvete, que você já escutou dez vezes, além de antigas irritações que, sendo geralmente camufladas, se inflamam como uma coceira quando nos reunimos. As crianças, em algum momento, pareceram uma segunda chance — para mim e meu irmão, pelo menos —, mas elas nos decepcionaram. Comemos o peru e comentamos sobre como estava suculento, iluminamos o pudim de Natal para os meninos e passamos para os sofás com estampas de flores na sala de estar, usando chapéus de papel tortos e perseverando no tipo bebedeira obrigatória que tem mais chance de resultar em um assassinato do que em uma alegria autêntica.

Tivemos uma conversa animada sobre as novas restrições de estacionamento no centro da cidade e um desacordo ritual sobre assistir ou não à mensagem de Natal da Rainha, como meu pai sempre queria fazer. Quando meu celular tocou, foi como escutar um "tudo certo" em um abrigo de bombas.

— Como está Inglaterra, Kolia?

Eu me senti atordoado, exultante, como se pudesse estar doente.

— Bem. Tudo certo. Como está Moscou?

— Moscou é Moscou — disse Macha. — Estradas ruins e muitos idiotas. Estou sentindo sua falta. Quando estou na loja, eu penso em você. À noite, também penso em você, Kolia.

— *Sekundochki* — falei. "Só um segundo", em russo, uma pequena camuflagem automática que sem dúvida era mais incriminadora do que falar em inglês. Saí apressadamente da sala, como se eu fosse um adolescente falando com a namorada. Fui para a cozinha, onde minha mãe tinha prendido na geladeira os números de telefones dos filhos, usando um ímã da catedral de Durham. No parapeito da janela, havia um guia da programação da televisão durante o Natal, no qual ela marcara com pequenos asteriscos trágicos os programas a que desejava assistir. Fui sugado, como sempre, pela distorção do tempo em família, o instante que te leva de volta aos papéis que você deixou para trás ao crescer.

— Também estou pensando em você — falei. — Contei à minha família sobre você, Macha. — A segunda parte não era verdade, mas pensei que era uma coisa que ela gostaria de ouvir. Eu já pensava nela e em mim como minha vida real, e o resto, como algo distante e menos importante. Eu queria contar a ela sobre tudo o que acontecia comigo, como se, caso ela não soubesse, a coisa de alguma forma não tivesse realmente acontecido. Você entende o que quero dizer?

Perguntei a ela sobre Katia, sua mãe em Murmansk e Tatiana Vladimirovna.

— Escuta, Kolya — disse ela —, talvez você devesse trazer alguma coisa para Tatiana Vladimirovna, alguma coisa para o ano-novo. Acho que talvez ela não esteja ganhando muitos presentes.

— Claro — respondi. — Boa ideia. Com certeza. O que devo levar?

— Pense em alguma coisa, Kolya. Alguma coisa inglesa.

Conversamos mais, e eu esqueci a maior parte do que falamos, mas posso me lembrar de que ela disse:

— Vejo você logo, Kolia. Penso em você. Eu amo você.

Voltei para a sala, onde todos desviaram o olhar em uma ostensiva amostra de indiferença. Senti-me encurralado, como quando você acaba sua refeição no avião e chama a aeromoça para retirar sua bandeja, porque escapar parece ser a única coisa importante no mundo. Sob tudo isso, suponho, estavam a certeza de que eu poderia ter me transformado em meus pais e o medo de que ainda pudesse fazê-lo — que eu pudesse não ser capaz, absolutamente, de construir minha própria vida.

Ficamos sentados observando as crianças, desejando que fizessem alguma coisa adorável ou excêntrica. Eu aguentei até o dia depois do Natal e, então, adiantei meu voo em uma semana para voltar para casa, voltar para Moscou, exatamente antes do ano-novo.

* * *

Apressei-me pela confusão de russos jovens e esbeltos que tentavam pegar a bagagem dos pais nas esteiras e saí para a confusão de motoristas de táxi com aparência criminosa nos saguões de desembarque — entrando naquela guerra russa de todo dia, a guerra de todos contra todos. Passei pelas cabines de *check-in* e comprei um bilhete para o trem que levava à cidade.

O grande frio estava em ação; o verdadeiro negócio criogênico que eu podia sentir nos dentes, e depois em todos os lugares, quando saí do frio úmido e viscoso da passagem subterrânea para o ar feroz da praça Puchkin, depois da viagem de trem desde o aeroporto e do metrô. Não estava tão frio quando fui para Inglaterra, menos dez graus, talvez. Caminhando pelo Bulvar até minha casa, eu me lembro, minha respiração gelava de um jeito diferente se comparado a antes do Natal, congelando em um tipo de névoa tangível. O pedaço de pele exposto no meu rosto, entre a gola puxada para cima e o gorro puxado para baixo, formigava e, então, ficou dormente. Minhas narinas congelaram juntas; os pelos dentro delas juntavam-se uns aos outros para sobreviver. O termômetro eletrônico em frente ao McDonald's marcava 27 graus negativos. Estava tão frio que não havia quase ninguém fumando na rua. Os agentes de trânsito usavam botas de feltro à moda antiga, uma precaução russa que evitaria que seus pés caíssem enquanto eles perambulavam, extorquindo dinheiro das pessoas.

Telefonei para Macha e combinei de passar a véspera do ano-novo com ela e Katia e, pelo menos para começar, com Tatiana Vladimirovna. Ainda havia dois dias de trabalho antes dos dez tradicionais dias de férias do ano-novo, uma bebedeira nacional que meus colegas chamavam de "as férias para esquiar dos oligarcas". Eu não tinha outra coisa para fazer, portanto fui ao escritório no dia seguinte à minha chegada.

— Aquele maldito supervisor — disse Paolo quando fechei a porta do seu escritório. Sob sua janela, os homens de laranja que escavavam a extensão branca da praça Paveletskaya pareciam um exército de formigas enfurecidas. — Aquele maldito Cossaco.

— Feliz ano-novo, Paolo.

— Está quase terminado — disse ele. — O cliente está quase feliz. Todos estão quase felizes. Exceto esse supervisor. Onde ele está, Nicholas?

— Eu não sei.

— Sabe, às vezes eu preferia que nunca tivéssemos conhecido o Cossaco. Por que precisa ser um financiamento de projeto? Por que precisa ser as Ilhas Virgens Britânicas? Sempre as Ilhas Virgens Britânicas. Como você está, aliás?

OITO

A verdade é que, naqueles dias, nem os executivos se importavam muito se os bancos para os quais trabalhavam receberiam seu dinheiro de volta. Eles ganhavam seus bônus apenas por fechar empréstimos e provavelmente mudariam de banco ou seriam promovidos antes que os russos ou quem quer que tivesse a chance não os pagasse. Os bancos ocidentais estavam desesperados para fazer negócios em Moscou, porque todos os outros também pareciam estar, e a maioria deles não se preocupava muito com o destino dos seus empréstimos. Na metade das vezes, quando emprestavam para uma das enormes empresas de energia ou metalúrgicas, os banqueiros passavam a grana sem qualquer segurança: os russos estavam se afogando em petrodólares e, de qualquer maneira, os chefes das empresas sabiam que ficariam ainda mais ricos, a longo prazo, se observassem as sutilezas — certo?

Seja como for, como a empresa do projeto do Cossaco era nova e não tinha um histórico de créditos, havia algumas exigências a cumprir. Recebemos os documentos do governador regional, que se comprometia a apoiar o projeto. A Narodneft reafirmou e assinou os acordos sobre quanto petróleo bombearia dos seus poços ao norte para o terminal quando ele estivesse em funcionamento e sobre as taxas de exportação que pagaria. Tínhamos declarações de interesse de potenciais compradores de petróleo da Holanda e dos Estados Unidos. Os bancos conseguiram seguros contra riscos políticos (protegendo-os em caso de expropriação ou de golpes). O contrato principal para o empréstimo era à prova de água e de petróleo.

Isso tudo não era suficiente para que os bancos liberassem o primeiro lote da grana. Precisávamos de um relatório do supervisor, Viacheslav Alexandrovich, confirmando a adequação do local escolhido para o terminal e o andamento da construção preliminar. Precisávamos desse relatório imediatamente para que os bancos transferissem o dinheiro — 150 milhões de dólares, eu acho, ou algo parecido — antes do final do ano.

O Cossaco queria a grana para ontem e disse que tinha obrigações a cumprir com seus trabalhadores envolvidos na construção e com os fornecedores. Os banqueiros queriam entregá-lo, especialmente porque, se esperassem até o ano seguinte, seus bônus naquele ano seriam menores. Mas havia um problema. No meio de dezembro, Viacheslav Alexandrovich finalmente fora para o Ártico. E, então, desaparecera.

No escritório, temíamos que ele tivesse caído em um buraco no gelo ou feito amizade com a mulher errada no bar do hotel. O Cossaco disse que não havia buracos no gelo e que ele tinha certeza de que tudo estava normal. Ele queria que fôssemos a uma reunião nos escritórios da Narodneft em Moscou, na véspera do ano-novo, para assinar os últimos documentos que devíamos enviar a Nova York e a Londres para que os bancos soltassem o dinheiro. Paolo concordou em ir. Ele disse que seria uma perda de tempo e que estaríamos em cima do prazo mesmo assim. Ele levou Sergei Borisovich e eu.

* * *

A Narodneft é mais um estado do que uma empresa. Além dos seus poços, oleodutos e petroleiros, ela tem hotéis, aviões e times de futebol. Tem sanatórios no Cáucaso e uma ilha no Caribe. Tem um submarino no golfo da Finlândia e, corre o boato, alguns satélites no espaço. Administra bordéis personalizados e assassinos domados. Naquela época, dizia-se que ela bancava metade dos membros do parlamento russo. Ela também se vangloriava de uma estranha sede no sul de Moscou, construída nos anos 1990 — que evidentemente foi o momento de máxima excentricidade na arquitetura russa — e que parece uma nave espacial invertida. Paolo, Sergei e eu estacionamos ali no começo da manhã, talvez às 8h30. Era véspera de ano-novo, minha última véspera de ano-novo na Rússia.

Normalmente, no inverno, você pode contar com vinte ou trinta segundos de calor interno quando sai de um carro ou de um edifício antes que sinta subitamente o frio — uma ilusão temporária de conforto, como o tempo que uma gali-

114

nha decapitada corre antes de compreender que está morta. A 27 graus abaixo de zero, você não tem esse período. É um congelamento instantâneo do nariz e o surgimento de água nos olhos. (Enquanto estive na Inglaterra, alguém do escritório tirou a luva para atender seu celular na praça Paveletskaya e o telefone congelou na sua palma.) Corremos para a cabine de segurança na frente do complexo da Na-rodneft para que checassem nossos passaportes, passamos pelas fontes congeladas na entrada do conjunto e chegamos ao edifício principal. Uma animada "recepcionista" da Na-rodneft, em um vestido verde e curto nos conduziu até o elevador e nos apressou para uma sala de reunião perto do nariz da espaçonave. Na sala, havia um aparador com vodca, copos e pedaços de arenque espetados em palitos de dentes, e uma vista que ia do piso ao teto sobre a cidade gelada. O céu estava branco como a neve no chão, talvez mais branco, porque a fumaça dos escapamentos não chegava tão longe.

A garota se sentou em uma das cadeiras ao longo da parede e sorriu para nós. Sergei Borisovich comeu um pouco de arenque. Nós esperamos, fingindo não olhar para ela.

Depois de talvez uma hora, por volta das nove e meia da manhã, o Cossaco entrou na sala. Com ele, estavam dois advogados e um diretor da Narodneft que parecia ter 19 anos. Descobri, depois, que ele era genro do chefe da inteligência militar russa. O Cossaco cochichou alguma coisa para a garota e deu um tapa no seu traseiro enquanto ela saía.

— Um pouco de vodca? — perguntou ele, em russo.

— Extremo — disse Sergei Borisovich, em inglês.

— Não, obrigado — respondi.

— Vamos... — disse o Cossaco. — É véspera de ano-novo.

— Primeiro, trabalhamos — falou Paolo —, depois bebemos. — Dava para perceber que Paolo era um veterano em Moscou, se você soubesse o que notar. Ele aparecia nas festas à meia-noite, investia em direção à imigração nos aeroportos como um animal em debandada, para evitar as filas, saía para fumar quando a temperatura era de vinte graus negativos e nunca se surpreendia.

— Tudo bem — concordou o Cossaco. Sentamo-nos à mesa de reunião. Ele cochichou com um dos advogados, que saiu da sala por cinco minutos e voltou. Tivemos uma conversa lânguida sobre tecnicalidades legais. Cerca de vinte minutos mais tarde, o celular de Paolo tocou.

— Talvez — disse o Cossaco — sejam boas notícias.

Paolo atendeu e andou até a janela para conversar. Eu o escutei dizer "onde você está?" e praguejar em italiano. Ele pôs a mão sobre o celular e perguntou qual era o número de telefone da sala de reunião. Alguém da Narodneft lhe disse, ele o repetiu e desligou.

— Viacheslav Alexandrovich — disse Paolo, sentando-se outra vez. — Ele está em Sochi. — Vocês talvez já saibam, mas Sochi fica no mar Negro, a quase 3 mil quilômetros de onde Viacheslav Alexandrovich deveria estar. — Ele vai ligar para cá.

Um telefone tocou no meio da mesa de reunião. O Cossaco atendeu e apertou o botão do alto-falante.

Viacheslav Alexandrovich disse a todos que sentia muito e que, por favor, perdoassem-no, pois ele teve uma emergência familiar e isso jamais aconteceria novamente. Mas não deveríamos nos preocupar: ele esteve no Ártico com seus assistentes — na verdade, passara quase uma semana lá — e tudo estava normal. A equipe de construção estava à frente do prazo e dentro do orçamento. Haviam começado a soldar o oleoduto que sairia da costa para o terminal flutuante; as primeiras partes da estação bombeadora em solo tinham chegado e esperavam montá-las quando o tempo melhorasse. O superpetroleiro estava em uma doca seca ao longo da costa e começara a ser convertido (o casco estava sendo adaptado para receber o petróleo do oleoduto, de um lado, e bombeá-lo para os navios dos clientes, no outro). Eles identificaram os locais no solo marinho onde as 12 âncoras permanentes seriam afundadas. Tudo isso estava no seu relatório oficial. Ele o envelopava naquele momento e logo teríamos uma cópia nas mãos. Ele falou por uns vinte minutos, soltando, aqui e ali, medidas e estatísticas — *decibars*, barris por dia, metros por segundo, toneladas por ano. Pediu desculpas outra vez e desligou.

Paolo, Sergei Borisovich e eu afastamos nossas cadeiras da mesa para conversarmos.

— É *kosher*? — murmurou Paolo para mim.

— Com certeza é conveniente — respondi.

— E o que ele está fazendo em Sochi? — perguntou Sergei Borisovich.

— Por outro lado — disse Paolo —, ele sabe do que está falando. Qual é realmente a diferença entre um telefonema e seu relatório?

— Nós temos as outras garantias — falei.

— E é véspera de ano-novo — disse Sergei Borisovich.

Agora não consigo me lembrar exatamente o que está vamos pensando naquela reunião. Tenho certeza de que estávamos ansiosos para dar aos banqueiros o que sabíamos que eles queriam, o que significava fazer seus problemas desaparecerem e não descobrir outros. Podíamos ver que o Cossaco era um oportunista. Por outro lado, pelos padrões de faroeste da época, isso não era tão irregular. Havíamos trabalhado com Viacheslav Alexandrovich antes. Todos os documentos estavam em ordem. Mais importante, a Narodneft estava por trás do projeto, mesmo que não fosse legalmente responsável, e, com suas ações subindo no mercado, imaginávamos que ela cuidaria da sua reputação. E, para uma empresa tão monstruosa, os pagamentos da dívida significavam um pequeno troco: seus executivos provavelmente gastavam quase o mesmo todos os anos mandando suas esposas para fazerem compras em Paris nos seus jatos particulares. A Narodneft estava por trás do projeto e, em algum lugar atrás da Narodneft, também estava o presidente da Rússia. Devemos ter chegado à conclusão de que Steve Walsh estava certo e de que o Cossaco e seus companheiros no Kremlin, na FSB ou seja lá onde fosse queriam acolchoar ainda mais seus ninhos. Tenho certeza, no entanto, de que acreditávamos que nossos bancos estariam seguros.

No final, a decisão foi de Paolo.

— Está bem — disse ele —, vamos fechar o negócio.

Ele andou até a janela para acordar o principal banqueiro na sua cama em Manhattan e lhe contar as boas notícias. Os russos pegaram a vodca e o arenque. Brindamos.

Todos estavam felizes. Os bancos estavam felizes, Paolo estava feliz. E também o Cossaco. Ele parecia muito feliz e convidou Paolo e eu para caçar com ele nas montanhas Altai. Disse que nos ensinaria a manejar um atirador de granada. Ele queria saber qual era meu filme de James Bond favorito. Era tudo verdade sobre Freddie Mercury? Olhando para trás, acho que ele pensava que seu jeito de fazer as coisas era normal — que bebêssemos juntos, contássemos piadas e falássemos sobre nossas famílias e, depois, fizéssemos o que deveria ser feito de qualquer forma. Acho que ele pensava que éramos amigos.

— Então — disse o Cossaco —, Nicholas, quando você nos visitar? Sua nova esposa está esperando por você. Embora, por outro lado, eu tenha gostado muito das suas esposas de Moscou. — Ele piscou rapidamente para mim, de forma obscuramente chantagista, e então engoliu outro trago de vodca.

* * *

Paolo nos levou para um almoço de comemoração no Camelo Sorridente do Deserto, um restaurante uzbeque, na rua Neglinnaia. Para chegar, Sergei Borisovich e eu entramos em um Volga que passava ao lado da torre em Paveletskaia. O enorme e jovial motorista estava tentando aprender inglês: pegou um livro de exercícios no seu porta-luvas e o colocou sobre o volante, escrevendo ocasionalmente palavras de cujo som gostasse (almoço... oeste selvagem... empréstimo sem garantia... compra de controle acionário... ExxonMobil). Devia estar dirigindo através de um piloto automático. Na frente do restaurante, havia um porteiro negro tremendo em um casaco de pele branco. Dentro, na sala onde se guarda os casacos, dois galos de briga condenados arranhavam suas jaulas minúsculas, preparando-se para arrancar os olhos um do outro durante a festa de ano-novo. Na sala de jantar, havia duas dançarinas do ventre. Uma loura flexível que contorcia e mais parecia uma dançarina de *striptease* fora do horário de trabalho, com uma guirlanda de notas de cem rublos já caindo do alto da sua saia, e uma morena autêntica e gordinha, movendo cada um dos seus estômagos em turnos, em quem ninguém estava prestando atenção.

Olga, a Tártara, era amistosa, respirando em meus óculos e polindo-os, mas eu já não exalava feromônios ou estava com mau hálito, pois ela desistiu e se concentrou em Paolo. Durante a refeição, Sergei Borisovich nos falou sobre seus esforços para fugir do serviço militar, que, na Rússia, parece principalmente um pretexto para o sadismo em massa e o trabalho escravo. Sua família tinha duas escolhas, disse ele: subornar o diretor de recrutamento para liberá-lo ou pagar um médico para declará-lo inválido. Eles pagaram ao diretor de recrutamento 10 mil dólares, disse-nos Sergei Borisovich, mas o cara os enganou e o recrutou de qualquer forma; assim eles foram obrigados a pagar também ao médico.

— O que você pensou depois? — perguntei. — Quero dizer, sobre o exército. E, você sabe, sobre a Rússia. Depois que o diretor o enganou.

Sergei Borisovich virou seus olhos de batata para o outro lado e pensou por uns vinte segundos.

— Bem — disse ele —, eu provavelmente deveria ter pagado ao médico, para começo de conversa.

Então, bem nesse momento, eu acho, eu a vi — Katia. Ela estava atendendo as mesas do outro lado do restaurante.

Usava uma saia curta e preta de garçonete e uma blusa branca simples; seu cabelo estava preso em uma trança bem-feita. No começo, eu não tinha certeza de que era ela, mas logo percebi que sim, me levantei e a interceptei quando ela passou, carregando os restos de uma bandeja de frutas para a cozinha.

— Olá, Katia — falei.

— Me encontre lá fora em dois minutos — disse ela, em russo. — Na saída de emergência, perto do bar.

Estava um frio suicida na rua. Katia se abraçou contra ele quando saiu em seu traje de garçonete e com o casaco de outra pessoa.

— Kolia — disse ela imediatamente, em inglês e de forma um pouco mais pausada —, não conte para Macha que me viu aqui. Por favor, Kolia. Por favor. Preciso de mais dinheiro para pagar pelos estudos, mas Macha não sabe sobre o emprego. Ela pode ficar zangada que eu não estou estudando o tempo todo.

Ela colocou a mão, curvada dentro da manga do casaco, logo acima do meu quadril, e me olhou sem sorrir. Mais um minuto e teríamos perdido nossas extremidades.

— Tudo bem — falei, sentindo pena dela, que deve ter sido uma das coisas que ela queria me fazer sentir: pena desse secreto trabalho extra, além dos seus estudos, pena por ela ter uma sorte pior que a minha. — Prometo. Vejo você à noite.

Entramos outra vez.

Mais tarde, enquanto nosso táxi se arrastava para a torre na Paveletskaia, através do tráfego, tive um daqueles momentos de reflexão quando estamos um pouco bêbados e que, no momento, podemos achar que é um *insight*. São apenas crianças, pensei, esses russos com suas janelas escurecidas e seus Uzis. Todas essas insinuações adolescentes de violência, dos guarda-costas ao Cossaco até o presidente agitador de sabre. Para toda a sua mundanidade e seu sofrimento, pensei, os russos são apenas crianças.

* * *

— Que vergonha — brincou Tatiana Vladimirovna, enquanto nos sentávamos outra vez em sua sala superaquecida. — Um inverno desses, e nenhuma guerra.

Era por volta de nove horas da noite do mesmo dia, véspera de ano-novo. Lá fora, no Bulvar e ao redor do lago, adolescentes gritavam e jogavam bombinhas uns nos outros. Katia tinha se livrado do uniforme de garçonete e usava, assim como Macha, saias que me diziam que iríamos a algum lugar mais tarde. Macha penteara o cabelo de um jeito que eu nunca vira antes, puxado para trás em um rabo de cavalo enrolado como uma espiral, o que enfatizava seus olhos verdes e sua boca pequena. Ao nos cumprimentar, ela me beijou na orelha. Tatiana Vladimirovna tinha se esmerado no bufê outra vez. Quando lhe dei o que lhe havia comprado em Londres — um tipo de bolo escocês, chocolates ingleses e chá Earl Grey em uma lata pintada como se fosse um ônibus de dois andares —, pensei, por um segundo, que ela fosse chorar.

Ela pôs a lata de chá na estante, perto das fotos em preto e branco dela e de Piotr Arkadievich. Os efeitos da embriaguez no restaurante uzbeque tinham passado a tempo para os brindes do começo da noite. Brindamos ao ano-novo, ao amor e à amizade anglo-russa. Quando a blusa de Katia se ergueu um pouco ao nos levantarmos e batermos nossos copos, lembro de ter notado que ela havia colocado um piercing no umbigo.

Discutimos o plano para os apartamentos.

Tatiana Vladimirovna estava animada, mas nervosa. Em que armazém ela faria suas compras?, perguntou. E se eles nunca terminassem a construção do prédio em Butovo? Era verdade que ela gostaria de sair do centro da cidade — estava velha demais, estava cansada —, mas, por outro lado, havia morado ali por tanto tempo que era tudo o que conhecia.

Macha disse que Stepan Mikhailovich estava certo de que o prédio em Butovo estaria terminado até abril. Porém, para terem mais segurança, ela disse que deveriam esperar até o final de maio ou o começo de junho para assinar o contrato final. Ainda assim, Tatiana Vladimirovna estaria lá a tempo para o verão.

Depois ela explicou que Tatiana Vladimirovna e Stepan Mikhailovich precisariam obter vários documentos importantes antes de fecharem o negócio. Precisavam dos comprovantes de propriedade dos dois apartamentos e do comprovante de que a privatização do apartamento de Tatiana Vladimirovna foi legal. Precisariam do comprovante de que seu prédio não seria derrubado em uma das decisões da prefeitura de Moscou: a prefeita condenava um prédio à morte sumariamente e garantia que seu irmão tivesse uma bela comissão para construir outro prédio no mesmo local. Eles precisavam de um documento confirmando que ninguém, além de Tatiana Vladimirovna, estava registrado para viver naquele apartamento — ninguém que estivesse, digamos, na cadeia ou pudesse aparecer e exigir seu direito de moradia. (Você ainda não pode viver em qualquer lugar na Rússia, entende, não pode simplesmente aparecer como você e eu fizemos em Kennington. Precisa se registrar em um determinado endereço, para que as autoridades saibam onde encontrar você.) Eles também precisavam de certificados técnicos para ambos os apartamentos, que mostrassem as plantas, os encanamentos, a estrutura dos prédios e coisas assim. Finalmente, precisariam do contrato em si. Normalmente, disse Macha, tudo isso era reunido por um agente imobiliário que cobrava uma taxa absurda.

— Mas, Kolia — disse ela, em russo —, você pode ajudar Tatiana Vladimirovna com a parte legal, não pode?

— Sim, é claro — respondi. Na *bania*, eu prometi que ajudaria, como nenhum de nós havia esquecido.

— Você é realmente um cavalheiro inglês — disse Tatiana Vladimirovna. — Temos tanta sorte de ter encontrado você.

— Não é nada — falei.

Combinamos que a primeira coisa que faríamos no dia depois do longo feriado de ano-novo seria ir ao cartório pela manhã para fazer uma procuração que me permitiria atuar em nome de Tatiana Vladimirovna.

Um pouco antes da meia-noite, Tatiana Vladimirovna estourou uma garrafa de champanhe enjoativamente doce da Crimeia. Vimos os fogos de artifício que explodiam sobre o mágico prédio perto do lago.

— Que Deus lhes segure na palma da sua mão — disse Tatiana Vladimirovna.

Saímos assim que foi possível fazê-lo sem ser rude, talvez um pouco antes, e pegamos um carro dirigido por um adolescente cheio de manchas, aparentando ter 16 anos. Ele circundou o Bulvar, atravessou Tverskaia, passou pelos cassinos da Novi Arbat, brilhando na noite do meio do inverno como um oásis no deserto ártico, e atravessou o rio congelado até o hotel Ukraina.

O hotel ocupava uma das grandes torres góticas construídas por Stálin, que tinham estátuas escurecidas na fachada e, dentro, gângsteres da Geórgia, prostitutas de segundo escalão da Moldávia e festas de estudantes europeus completamente sem noção. Andamos rápido até a lateral do edifício sobre a calçada gelada; os saltos finos das garotas batendo no gelo. Nos fundos do hotel, subimos uma escada de incêndio e tocamos uma campainha. Macha repetiu a senha que havia conseguido com uma das suas colegas e entramos em uma gigantesca boate clandestina.

Saímos por volta das quatro horas — Macha seguiu para meu apartamento, Katia por conta própria no ano-novo gelado. Tentei convencer Macha a irmos para o apartamento delas, mas ela não quis. Ela jamais quis. Na época, pensei que fosse apenas uma versão comum de constrangimento.

| NOVE

A primeira coisa que fiz na manhã do primeiro dia depois do feriado do ano-novo — acho que deve ter sido por volta de 10 de janeiro — foi ir ao cartório com Tatiana Vladimirovna, como combinamos, para fazer uma procuração. Macha precisou ir ao trabalho na loja, mas Katia veio conosco. Era nossa dama de companhia.

Os tabeliães estão entre os profissionais mais requisitados de Moscou, como empreiteiros imobiliários, donos de restaurantes vindos da Geórgia e prostitutas. São essencialmente funcionários inúteis deixados para trás pelo czarismo, cuja tarefa é expedir e selar os documentos legais que você precisa para fazer quase qualquer coisa na Rússia. Aqueles que visitamos naquela manhã tinham um escritório escondido no prédio de um antigo circo, logo ao norte do centro da cidade. Imagino que quando a música parou, o Império do Mal entrou em colapso e os russos se olharam por uma fração de segundo antes de agarrarem tudo o que pudessem, esses tabeliães de alguma forma acabaram em uma sala que antes havia acomodado uma trupe de acrobatas ou domadores de leão.

Patinamos pela calçada do lado de fora do circo; Tatiana Vladimirovna se movendo mais rapidamente sobre o gelo do que eu, em seu elemento durante o inverno como um pinguim na água. Arrastamo-nos pelo corredor sombrio do circo e nos sentamos na sala de espera dos tabeliães. Havia um grande e orgulhoso mapa da União Soviética preso à parede. Era parte do trabalho deles nos fazer esperar, eu acho. Qualquer russo que tem poder sobre você (tabelião, motorista de ambulância, garçom) é quase obrigado a fazer você esperar antes de atendê-lo, para que você saiba que eles podem.

Enquanto ficamos ali, Tatiana Vladimirovna me contou como visitou esse mesmo circo mais de quarenta anos atrás. Eles tinham dois elefantes e um leão, disse.

— Um dos elefantes ficou em pé sobre as patas traseiras — lembrou-se ela, sorrindo e levantando as mãos, como patinhas de hamster, para mostrar o que o elefante fez — e, quando vimos aquele elefante, soubemos que havíamos chegado a Moscou, Piotr Arkadievich e eu. Soubemos que Moscou realmente era a capital do mundo. Um elefante!

Eu lhe perguntei se ela sentiu falta da Sibéria ou da aldeia perto de Leningrado onde crescera.

— É claro — disse ela. — A floresta. E as pessoas. As pessoas são diferentes na Sibéria. E em Moscou também aprendi outras coisas, que talvez tivesse sido melhor não aprender. Não havia apenas elefantes.

Katia ergueu os olhos da épica mensagem de texto que estava escrevendo e disse a Tatiana Vladimirovna para não me incomodar. Eu disse que não estava incomodado, que aquilo era interessante. Era uma das coisas que eu gostava de pensar sobre mim em Moscou — que eu era mais interessado, preocupado, nobre, de alguma forma, do que a maioria dos outros advogados expatriados, que, em geral, ficavam apenas dois ou três anos dos quais se esqueceriam e voltavam ao lugar de onde vieram para servir velhacos mais respeitáveis em Londres ou em Nova York, às vezes como sócios no Rábula & Rábula ou em qualquer outro escritório, levando com eles uma conveniente conta bancária no estrangeiro e algumas histórias de "peitos e kalachnikovs" do oriente selvagem para consolar suas eternas viagens de ida e volta do trabalho aos subúrbios onde morarão.

Eu lhe perguntei como viveu tudo aquilo; Stálin, a guerra e o resto. Era uma pergunta idiota, eu sei, mas a principal.

— Havia três regras — disse Tatiana Vladimirovna. — Obedecendo a essas regras, era possível viver, se você tivesse sorte. — Ela as contou nas pontas dos dedos enrugados de uma das mãos. — Primeiro, nunca acredite em nada que eles dizem. Segundo, não tenha medo. E, terceiro, nunca aceite favores.

— Com exceção do apartamento — completei.

— Com exceção do apartamento.

— O que tem o apartamento? — perguntou Katia, erguendo os olhos outra vez.

— Nada — disse Tatiana Vladimirovna, sorrindo.

Eu lhe perguntei o que achava do atual presidente traiçoeiro (um genocida, como todos os líderes russos até onde sei). Ela me disse que ele era um homem bom, mas que era apenas um homem bom contra muitos homens maus, e não poderia resolver todos os problemas do país sozinho. Ela abaixou a voz e olhou ao redor, embora estivesse sendo gentil. Eu perguntei se ela não se importava que as autoridades parecessem gastar metade do tempo roubando? Sim, disse ela, é claro que se importava, mas era inútil colocar novas pessoas no Kremlin, porque elas apenas começariam a roubar novamente. Pelo menos, as autoridades atuais já estavam ricas, então poderiam pensar em outras coisas ocasionalmente.

Eu lhe perguntei se a vida era melhor agora do que antes. Ela disse que sim, as coisas estavam melhores; com certeza estavam melhores para algumas pessoas. Eram absolutamente melhores para os jovens, disse ela, olhando Katia e sorrindo.

Ficamos em silêncio. O celular de Katia bipou. Ela leu a mensagem, franziu a testa por um momento e disse:

— Preciso ir.

Ela se inclinou para mim até eu sentir sua respiração no meu ouvido e sussurrou em inglês:

— Por favor, Kolia, não diga a Macha que eu deixo vocês. Preciso ir à universidade. — Então ela se levantou e disse, ainda em inglês, para que Tatiana Vladimirovna não entendesse: — Kolia, lembre-se, ela é mulher velha e às vezes está fazendo confusão.

Ela colocou o casaco e partiu.

Houve apenas outra vez em que fiquei sozinho com Tatiana Vladimirovna, além daqueles 15 minutos na esquisita sala de espera do circo antes que o tabelião nos chamasse.

Na segunda vez, posso ver agora, já era tarde demais, eu estava muito envolvido, havia deslizado demais do que era antes para o que eu estava me tornando. Mas, eu acho, eu espero, que naquela manhã de janeiro eu ainda não o tivesse feito, não completamente. As coisas poderiam — tenho certeza; espero — ter sido diferentes se eu tivesse feito algumas perguntas simples em vez de me sentar ali em silêncio, sorrindo e observando a neve suja das nossas botas escorrer pelos parquetes.

No final, perguntei a ela sobre o amigo de Oleg Nikolaevich.

— Tatiana Vladimirovna, entendo que existe apenas uma chance muito pequena, mas eu queria lhe perguntar se você conhece um velho chamado Konstantin Andreievich? Ele mora na mesma área que eu.

— Só um segundo — disse ela, fechando os olhos e pressionando as têmporas com os dedos. — Konstantin Andreievich... Não tenho certeza. Quem é ele?

— É um amigo do meu vizinho Oleg Nikolaevich. Não conseguimos encontrá-lo.

— Não — disse ela. — Acho que não. Lamento.

Ficamos outra vez em silêncio.

— Obrigada novamente pelos biscoitos e pelo chá — disse Tatiana Vladimirovna, para quebrar o silêncio. — É excelente ter uma especialidade da Inglaterra.

— Talvez, um dia, você veja a Inglaterra pessoalmente — falei. — O palácio de Buckingham. A Torre de Londres.

— Talvez — disse ela.

O tabelião chamou:

— Próximo.

Havia duas mulheres sentadas atrás de mesas em uma sala estreita. Havia uma janela, eu me lembro, que mostrava, através de barras enferrujadas, a rua branca e cinza. Era um lindo dia no meio do inverno; o céu tão puro e brilhante como o azul mediterrâneo que você e eu vimos naquelas férias na Itália. A mulher na mesa à direita era jovem, um tipo de elo perdido entre os seres humanos normais e os tabeliães. A mais velha, a chefe — acima do peso, óculos, cardigã, verruga com pelos —, era tão grosseira que em outro país você poderia pensar que estava em uma daquelas pegadinhas com câmeras escondidas.

Ela pegou nossos passaportes e começou a preencher o formulário para nossa procuração. A mulher soltou um gritinho de prazer quando viu que o nome no meu passaporte parecia diferente de como eu escrevi no seu registro e pareceu abatida quando expliquei que o passaporte apresentava meu sobrenome antes. Quando terminou, ela carimbou umas trinta vezes as duas cópias do documento, empurrou-os sobre a escrivaninha sem levantar os olhos e nos disse para pagar 400 rublos à sua ajudante. Tatiana Vladimirovna pegou uma cópia e eu, a outra. Significava que eu podia administrar e assinar por ela todos os documentos para a troca dos apartamentos. O esquema do apartamento era agora meu esquema também.

Voltamos ao metrô, para que Tatiana Vladimirovna pudesse retornar para casa e eu pudesse ir para o trabalho, atrasado. Ela me agradeceu e me beijou nas duas faces quando nos despedimos. Então caminhou em passos curtos e ritmados em direção à escada rolante.

Por alguma razão, ficou gravado na minha memória — como as coisas às vezes ficam sem você querer, talvez especialmente quando você não quer — que no metrô, perto da bilheteria, vi dois homens discutindo. Um grande russo e um georgiano de cabelos raspados, furioso e quase esférico; o russo repetia, várias vezes e muito alto: "Me dê a faca, Nika, me dê a faca."

* * *

Naquela noite, encontrei Oleg Nikolaevich, angustiado, esperando no seu patamar. Soube que ele esperava por mim porque estava sem casaco e sem chapéu; não estava saindo nem chegando de lugar algum. Estava na frente da sua porta, parecendo um parente que espera más notícias de um médico. Ele tentou sorrir e me perguntou como eu estava. Eu lhe disse que estava bem, mas muito cansado. Ele não se importou.

— Nikolai Ivanovich — disse ele —, preciso pedir sua ajuda mais uma vez.

Eu sabia que era sobre o velho.

— Oleg Nikolaevich — falei —, me desculpe, mas o que mais posso fazer?

— Por favor, Nikolai Ivanovich. Vá ao prédio do meu amigo. Só para olhar. Acho que há alguém no apartamento dele. Eu estava na escada e os ouvi descendo. Por favor.

Olhei nos olhos de Oleg Nikolaevich, que ele desviou. Eu podia ver que ele estava constrangido em me pedir. Olhando para trás, acho que para ele a coisa toda era menos sobre seu amigo, de certo modo, do que sobre resistir a mudanças, lutar contra o tempo. Acho que ele só queria manter sua vida tão reconhecível quanto possível pelo máximo de tempo que pudesse — seu amigo, seu gato, seus livros, seus modos. Acho que por isso ele continuava no seu apartamento no centro da cidade em vez de alugá-lo e viver do rendimento, como a maioria dos russos idosos que tinham um apartamento como o dele (todos seus bens menos tangíveis tendo desaparecido durante a carnificina econômica dos anos 1990). Oleg Nikolaevich queria parar o relógio.

— Tudo bem — falei, por fim. — Onde ele mora? — Ele me disse e ainda posso me lembrar: apartamento 33, número 9, Kalininskaia (uma pequena entrada entre meu prédio e o Bulvar que passava pela lateral da igreja.)

— Então eu viro à direita saindo daqui e pego a primeira rua à esquerda, e é ali, depois da igreja?

— Na Rússia — disse Oleg Nikolaevich —, não há caminhos, apenas direções.

* * *

Coloquei outra vez o chapéu e as luvas e desci as escadas. Caminhei pela minha rua em direção ao Bulvar e virei na Kalininskaia. Estava escuro, e a única coisa que vi foi um bando de corvos pretos e gordos reunido em volta de uma lixeira. O gelo que havia se formado sob os canos de escoamento na parte externa dos prédios reluzia escuro sob as luzes da rua.

Quando cheguei à porta do prédio de Konstantin Andreievich, fiz o que um sem-teto faz em Moscou nas noites fatais de inverno: toquei o interfone de todos os apartamentos, o que os sem-teto fazem na esperança de que alguém, indiferente, compassiva ou embriagadamente, deixe-os entrar para dormir na escada. Alguém atendeu e mandou que eu me fodesse, mas abriu a porta de qualquer forma, talvez por acidente, e eu subi as escadas que rodeavam a jaula do elevador até o terceiro piso. Encontrei a porta de Konstantin Andreievich.

Eu podia escutar sua respiração. Toquei a campainha e escutei uma voz masculina murmurar alguma coisa e o rangido dos seus sapatos no inevitável piso de parquetes. Ouvi-o parar a talvez uns 20 centímetros da porta e o estalar de um casaco de couro enquanto ele se inclinava para me olhar pelo olho mágico. Pude perceber, pelo seu chiado ao respirar, que ele fumava muito. Ele estava perto o suficiente para apertar minha mão ou cortar minha garganta.

Ficamos assim, olhando um para o outro invisivelmente através da porta, pelo que pareceu um século, mas, provavelmente, foi mais como trinta segundos. Então, ele pigarreou e cuspiu. Era como se, quem quer que fosse, se sentisse obrigado aos movimentos de fingir que não estava ali, mas, ao mesmo tempo, quisesse deixar claro que não se importava muito que alguém como eu soubesse que ele estava, sim, ali. Virei-me e me dirigi à escada; devagar, no começo, e depois, rápido, dois ou três degraus de cada vez, do modo como você fugiria de um urso, esperando que ele não percebesse quão assustado você está.

No térreo, encontrei uma senhora pegando sua correspondência em uma das caixas de correio vandalizadas.

— Com licença — falei, em russo —, a senhora sabe quem está morando no apartamento 32, o apartamento de Konstantin Andreievich?

— Quanto menos você sabe — disse ela sem me olhar —, mais você vive.

— Por favor — pedi.

Ela se virou para me olhar. Tinha olhos vivos e pelos grisalhos no queixo.

— Quem é você?

— Meu nome é Nicholas Platt. Sou amigo de Konstantin Andreievich.

— Seee-nhor Platt — disse ela —, acho que é o filho dele no apartamento. Foi o que me disseram.

— A senhora o viu?

— Talvez.

— Como ele é?

— Não me lembro.

Na rua, o vento corria pelos cânions formados pelos velhos armazéns, jogando a neve no meu rosto e fazendo meu nariz escorrer e meus olhos lacrimejarem. Na volta, esqueci de colocar meu chapéu. Se eu tivesse embromado, poderia ter perdido uma orelha. Espalhei a neve das minhas botas pela escada do prédio e toquei a campainha de Oleg Nikolaevich.

— Oleg Nikolaevich — falei quando ele abriu a porta —, Konstantin Andreievich tem um filho?

Oleg Nikolaevich sacudiu a cabeça.

Então, porque ainda estávamos em pé ali, porque eu não sabia o que dizer, mas queria dizer alguma coisa, e porque subitamente me ocorreu que eu não sabia, eu lhe perguntei como seu gato se chamava.

— O nome dele é George — disse Oleg Nikolaevich, virando-me as costas.

DEZ

— Você sabe como eles fazem? Como os caras sérios fazem? Primeiro, encontram um bêbado ou um vagabundo e lhe dão 500 dólares, uma foto da vítima e a promessa de outros 500 dólares quando ele finalizar o trabalho. O cara imagina: "Dane-se, isso é suficiente para comprar metanfetamina ou anticongelante por um ano." Então ele ataca a vítima na porta da sua casa ou em um beco, usando uma faca ou um martelo. Se for um pouco mais criativo, talvez use uma daquelas pistolas de ar que eles convertem em armas de verdade em oficinas na Lituânia.

— Por que a Lituânia?

— Escute, a coisa não acaba aí. Essa é a parte engenhosa. Depois, o cliente dá 10 mil dólares a um profissional para matar o vagabundo... de forma limpa, sabe, com silenciador, tiro de segurança na cabeça, coisa de luxo. Assim, não há mais ligação viva entre o cliente e o alvo original. *Finito*.

Nesse momento, na minha lembrança, Steve Walsh parou para olhar duas ruivas de pernas longas que perseguiam uma à outra no mastro de *striptease* atrás do meu ombro esquerdo, uma delas vestida como uma coelha (orelhas esticadas, rabo fofo e branco), e a outra fantasiada de ursa (patas, sutiã de pele, narizinho marrom). Russki Safari, acho que era esse o nome da espelunca. Era um dos favoritos de Steve, em algum lugar fora da Komsomolski Prospekt.

— Uau — disse ele, virando um trago.

Sua explicação sobre assassinatos começou quando eu lhe perguntei o que aconteceu com a grande história sobre energia na qual ele estava trabalhando no outono. Ela havia dançado, disse Steve, depois que os editores se assustaram com ameaças de difamação. Mas ele fora à Sibéria, a um daqueles distritos russos obscuros que são três vezes maiores que a Europa. Fazia 37 graus negativos lá, aparentemente, e ele quase perdeu os dedos dos pés. Ele fora porque o governador da região teve um súbito impulso cerca de um mês atrás: começou a reprimir a corrupção, irritou alguém no Ministério do Interior e, pouco depois, foi encontrado morto na *bania* nos fundos do seu quintal. Foi suicídio, explicou Steve, pelo menos de acordo com o promotor e com os jornais locais. O governador atirou na própria cabeça... duas vezes.

Nós rimos. Você aprende a rir depois de um tempo.

Então ele começou a me contar como funcionava o mercado russo de assassinos de aluguel. O preço subia, disse Steve. Você poderia tentar contratar um rebelde checheno aposentado, mas precisava passar pelos seus amigos no exército russo, que vendiam as armas, e isso fazia o preço subir. Caso contrário, para encontrar um assassino competente por menos de 10 mil dólares hoje em dia, ele supunha, era preciso ir até Iekaterinburg ou Kaluga. Inflação, disse. Terrível, disse.

A ursa pegou a coelha, ou vice-versa, e elas começaram a se comer. Quando terminaram, uma loura, usando apenas óculos de aviador e saltos altos, se pendurou pelos tornozelos no alto do mastro que subia do piso até o teto. Steve tomou um gole feliz de vinho tinto.

Suponho que devo admitir que fui muitas vezes a esses bares americanos durante meu primeiro ano em Moscou — ao Rainha da Neve, ao Pigalle, ao Kama Sut-Bar. Era quase parte do meu trabalho. Antes, quando vivia em Londres, fui uma ou duas vezes, em noites exclusivas para homens e nunca em outra circunstância, a um bar em Clerkenwell onde garotas dançavam sobre o nosso colo, mas, em Moscou, todos com um pênis e um cartão de crédito parecem passar pelo menos uma noite por semana enfiando rublos em calcinhas com paetês; todos os advogados expatriados, banqueiros e metade dos homens russos que podiam se dar esse luxo. Naquele inverno, no entanto, começara a me parecer um pouco degradante — para mim, quero dizer, não para as garotas. Não acho que eu realmente pensava nas garotas. Além disso, houve uma situação chata em que o barman colocou na minha conta coquetéis supercaros que eu não havia tomado e, quando reclamei, os guarda-costas me levaram para um pequeno pátio além da cozinha e me balançaram pelos cabelos por alguns segundos, até meus óculos caírem e eu concordar em pagar. E a essa altura havia Macha, que era suficiente. Nunca havia me sentido assim por uma garota por tanto tempo. Em geral, mesmo quando gostava delas, meus olhos vagavam depois de um ou dois meses. Macha, porém, parecia ficar melhor, mais feroz, egoísta de uma maneira boa. Era como se fôssemos a verdadeira ela e o verdadeiro eu, dois mamíferos no escuro.

Havia meses que eu não passava uma noite naquela atmosfera de tênue alegria de um clube de *striptease*, compartilhando uma excitação meio embriagada. Mas Steve quis ir, então fomos.

— Como está o amor da sua vida? — perguntou ele. — Aquela que você conheceu no metrô?

— Ela está bem.

— Já está morando com você?

— Não. Quase. Quero dizer, não, na verdade. Ainda não.

— E a *babuchka* de Murmansk? Quando ela aparece?

— Vá se foder, Steve.

Acho que era o começo de fevereiro. A neve chegava à altura da cintura no pátio da igreja entre meu prédio e o Bulvar e estava mais alta no lado da minha rua que não era limpo. Macha estava bem; nós estávamos bem. Ela provavelmente passava umas duas ou três noites por semana comigo. Passei a comprar a comida que ela gostava; picles de cogumelos, suco de frutas vermelhas e uma bebida russa à base de iogurte de que nunca gostei. Contratei uma faxineira da Bielorrússia para manter o apartamento mais ou menos limpo. Entrávamos no estágio em que poderíamos morar juntos se estivéssemos em Londres, uma cidade onde, como você e eu sabemos bem, a praticidade e o mercado imobiliário empurram o desejo para o compromisso, misturam o agora e o futuro, e o romance chega ao fim. Macha podia pegar o metrô na estação Puchkinskaia até a loja de celulares perto da galeria Tretiakov em um quarto do tempo que levava para chegar ao trabalho quando saía de Leningradskoe Shosse. Mas ela não tocou no assunto, e eu não a pressionei.

— Ela tem uma irmã — falei a Steve. — Katia. Loura, uma garota legal. Ela tem 20 anos. Meio inocente e adulta ao mesmo tempo. Estuda na MGU. Você gostaria dela.

— Parece que sim.

— Mas ela não é irmã de Macha, é prima.

— Certo — disse Steve. Atrás de mim, as garçonetes se aglomeravam no palco para a "dança da selva", que faziam a cada hora, usando minivestidos com estampa de leopardo e botas altas até as coxas, de couro de cobra. Ele já não prestava mais atenção nas minhas palavras. Foi estranho. Fui àquele lugar de uzbeque na Neglinnaia com algumas pessoas do trabalho. Era véspera de ano-novo, depois que assinamos uns documentos com o Cossaco. Katia estava servindo mesas lá. Ela me pediu para não contar a Macha que eu a vi.

Eu não havia contado a Steve sobre nossa primeira noite juntos, aquela a que Katia assistiu. Não havia contado a ninguém. Eu queria contar, como todos os homens desejam algumas vezes. Porém, mais que isso, eu queria considerar Macha e nós como alguma coisa diferente, talvez até mesmo pura.

— Quando você leva elas para casa e desembrulha — disse Steve, distraído —, geralmente falta uma peça.

Comecei a explicar como conheci a tia delas e sobre Butovo — como Tatiana Vladimirovna desejava sair da cidade e como eu estava ajudando. Havia filas burocráticas que tínhamos de enfrentar e agências que só ficavam abertas por duas horas em quintas-feiras alternadas. Eu precisava aparecer uma ou duas vezes para assinar coisas, mas sempre que possível eu delegava o trabalho braçal a Olga, a tártara que trabalha no meu escritório — ela havia comprado uma pequena propriedade não fazia muito tempo e parecia saber os caminhos. Eu lhe dei o endereço de Tatiana Vladimirovna perto do lago e do novo apartamento em Butovo, uma vez que precisaríamos verificar também aqueles documentos: era o apartamento 23, prédio 46, Kazanskaia. Prometi a Olga que a levaria para tomar coquetéis no bar caríssimo no alto do hotel perto do teatro Bolshoi se ela resolvesse tudo.

— Não é muito trabalho — falei a Steve. — Não vai me custar nada. E, na verdade, ela é uma senhora legal. Esteve no cerco de Leningrado.

— Certo — disse Steve. Tatiana Vladimirovna era pelo menos 50 anos velha demais para distraí-lo da dança da selva.

Assistimos. Estávamos sentados a uma mesa pequena e grudenta cercada por um banco, à esquerda do palco. Depois de alguns minutos, o tambor parou e as garçonetes vestiram suas roupas. Steve bateu palmas.

Ele perguntou sobre o Cossaco.

— Você sabe para quem ele está servindo de fachada? Seu amigo Cossaco, quero dizer.

— Para quem você acha?

— Provavelmente para o chefe da administração presidencial. Ou para o presidente do conselho de segurança. O pessoal de São Petersburgo está tomando conta; a gangue do antigo Ministério de Defesa está ficando nervosa. Eles estão tentando tirar um pouco de dinheiro enquanto podem. Acho que ficarão com uma parte da empresa que montaram para terem alguns trocados mais tarde.

— Pode ser — falei. — Não somos completamente ingênuos, Steve. Talvez você tenha razão. Mas o projeto está caminhando e isso é tudo o que importa para nós. Eles vão receber a segunda parte do dinheiro em algumas semanas e a última, em cerca de dois meses. Eles acham que vão bombear o primeiro petróleo até o final do verão. Se não começarem a pagar até a próxima primavera, as cláusulas de penalidades serão acionadas.

— Tenho certeza de que você sabe o que está fazendo, Nick. Mas, por falar nisso, eu andei fazendo umas perguntas. Aquela firma de logística que você disse que estava participando com a Narodneft? É furada. Ninguém nunca ouviu falar dela. Aposto com você que o único tipo de logística que ela realiza é bombear dinheiro para Liechtenstein. Se você descobrir quem está por trás, me avise.

— Pode ser, Steve.

Três garotas com chapéus de pele do Exército Vermelho marcharam em torno das mesas, trazendo réplicas de metralhadoras (pelo menos, acho que eram réplicas) e correias com balas que envolviam cuidadosamente suas curvas para não cobrir a parte de cima do corpo. Havia muito silicone e poucos pelos nos corpos.

— Você não está indo para o Cáucaso? — pergunto a ele. As coisas estavam quentes por lá mais uma vez, segundo o noticiário da TV, em alguma daquelas pequenas regiões mulçumanas perdidas onde sempre havia gente se rebelando e morrendo.

— Provavelmente — disse Steve. — Mas é difícil vender essa história. O escritório em Londres não se interessa muito por menos de três zeros na contagem de mortos. E os russos estão tentando manter todo mundo afastado. Você precisa ir até a Chechênia e pagar para cruzar a fronteira. Talvez na próxima semana. É uma vergonha perder isso.

Dois turistas desaparecem nos cubículos perto dos banheiros levando a coelha e a ursa. Eu já havia feito isso, ou algo parecido, acho que também devo admitir, considerando que estou tentando te contar tudo. Três vezes, eu acho, paguei por isso em Moscou. A primeira vez foi por acaso, quando percebi, tarde demais, que deveria pagar e já estava longe demais para parar; as outras duas vezes foram depois que tinha quebrado o tabu e pensei que se dane. Uma vez, quase no começo, convenci uma ucraniana que ficava na rua a vir para minha casa sem cobrar, embora ela estivesse trabalhando. Não me deteste por isso. Eu nunca faria isso em Londres. Pelo menos, não me deteste ainda.

— Steve — falei —, você pensa sobre isso? Quero dizer, se preocupa com isso, com o jeito que vivemos aqui? Quero dizer, e se sua mãe pudesse te ver?

— Minha mãe está morta.

— Você entendeu o que quero dizer.

— A Rússia — disse Steve, olhando em meus olhos com seus olhos injetados e subitamente sérios — é como

Lariam. Sabe, aquele remédio contra a malária que pode fazer você ter sonhos delirantes e pular da janela. Você não deve tomá-lo se for o tipo de pessoa que fica ansiosa ou culpada, Nick. Você não deveria tomar a Rússia. Porque não vai aguentar.

— Tenho certeza de que você me disse que a Rússia era como polônio.

— Disse?

Outra vez, ele parou de escutar. Seus olhos estavam focados no mastro, ao redor do qual uma loura vestindo apenas um chapéu e calças de couro vazadas laçava um pequeno rebanho de morenas com biquínis de estampa de vaca. Steve acenou para uma garçonete, dando um tapinha na sua taça vazia e pedindo mais Merlot da Moldávia.

| ONZE

Tatiana Vladimirovna foi outra vez a Butovo, com Katia, acho, em algum momento no meio de fevereiro. Eu vi todas elas logo depois, quando fomos esquiar no parque em Kolomenskoe, até a parte congelada do rio Moscou. Você não achava que eu sabia esquiar, achava? Você estava certa.

Deixamos Tatiana Vladimirovna em uma pequena cafeteria enlameada perto da entrada do parque, gesticulando para que fôssemos embora logo e pedindo chá e *blinis* para si. Macha e Katia trouxeram seus esquis, mais compridos e mais finos do que aqueles que eu me lembrava na minha semana morro abaixo quando estava na universidade (jogos com bebidas, mijar na pia do chalé, torcer o tornozelo). Aluguei meus esquis em um quiosque além dos portões, junto com botas de feltro que pareciam ter sido usadas pela primeira vez quando os russos invadiram a Finlândia. A essa altura, a neve pressionada contra a grade do pátio da igreja da minha rua começara a parecer aquela sobremesa italiana que você gosta, com várias camadas: mais clara no alto,

145

cremosa embaixo, tendo um tipo de amarelo manchado, como o fluido que vaza de uma bateria, uma camada cheia de lixo (garrafas quebradas, pacotes amassados e sapatos solitários, suspensos em uma grossa lava branca), e, no fundo, uma gosma preta e sinistra. Mas, em Kolomenskoe, a neve ainda estava branca, estupidamente branca. Estava dura e compacta abaixo dos primeiros centímetros e doía quando se caía nela, o que acontecia comigo toda vez que subia ou descia uma inclinação, perdendo os óculos uma ou duas vezes e remexendo os flocos com minhas luvas grossas para encontrá-los.

Macha e Katia conseguiam esquiar naturalmente, tão naturalmente quanto andavam sobre saltos altos e dança-vam. Elas riram quando caí, porém foram mais devagar até que eu as alcançasse. No parque, havia uma cabana de madeira em um aglomerado de carvalhos, que supos-tamente foi construída por Pedro, o Grande, e uma velha igreja, dedicada — como sempre — a alguma vitória mítica contra os poloneses. A igreja estava fechada e coberta com andaimes para uma reforma, mas pingentes de gelo longos e puros pendiam das tábuas de madeiras horizontais nos andaimes como colares de presas. Havia um homem, com um trenó cheio de sinos puxado por três cavalos brancos, que oferecia passeios entre as árvores. As garotas usavam trajes de esqui, calças compridas e finas à prova d'água e casacos aerodinâmicos. Eu, não, e fiquei quente e molhado ao mesmo tempo. Mas, quando chegamos a uma cadeia de montanhas sobre um lago congelado no meio de uma floresta sem folhas, isso não importava. Era formidável.

Quando voltamos à cafeteria, uma de cada vez, eu me lembro, elas trocaram as roupas por jeans e arrumaram o cabelo no banheiro, enquanto eu me descongelava na companhia de Tatiana Vladimirovna.

— Muito bem, Kolia — disse ela quando estávamos todos sentados. — Logo você será um de nós. Um verdadeiro russo.

— Talvez — ponderou Macha. — Ele não consegue esquiar, mas adora a *bania*. — Ela olhou para mim, sorrindo com um canto da boca; um sorriso de triunfo carnal. Meu rosto ficou vermelho.

Tatiana Vladimirovna nos contou sobre a viagem a Butovo. Não parecia que tinham trabalhado muito no apartamento, disse ela. Mas Stepan Mikhailovich explicara que eles estiveram ocupados com a fiação, e, o principal, disse Tatiana Vladimirovna, é que o lugar era bonito na neve, tão bonito, com trilhas das botas de inverno passando entre as árvores e em volta do lago na floresta, do outro lado do seu novo prédio.

Quando era criança, continuou Tatiana Vladimirovna, antes que mudassem para Leningrado, eles faziam os próprios esquis com cascas de árvores. Preparavam grandes frascos com picles para o inverno, repolhos, beterrabas e tomates, e matavam um porco em novembro do qual se alimentavam quase até o degelo. Sua família era pobre, contou-nos ela, mas eles não sabiam disso. Notei um pequeno bigode louro que não havia percebido antes. Acho que ela pode tê-lo tingido.

— Sabem — disse ela —, é possível ver uma igreja da janela do apartamento em Butovo. Sabe qual igreja, Kolia?

147

Eu vi a igreja à qual ela se referia — uma com paredes brancas e domos dourados —, mas não sabia qual santo ou czar ela homenageava.

— É uma igreja muito especial — disse Tatiana Vladimi-rovna. — Foi construída como memorial às pessoas mortas por Stálin. Dizem que 20 mil vítimas foram fuziladas perto dessa igreja. Talvez mais. Ninguém sabe exatamente... Não sou religiosa como minha mãe era, perdemos tudo isso em Leningrado, mas acho que vai ser bom ver essa igreja a partir da minha janela.

Eu não soube o que dizer. Macha e Katia também fica-ram caladas. A condensação na parte interna das janelas da cafeteria estava compacta e raiada.

No final, Tatiana Vladimirovna perguntou:

— Então, Kolia, você vai ter filhos?

Não tenho certeza do motivo — algo relacionado à vida seguir em frente ou à necessidade de acreditar que ela o faz —, mas a questão pareceu surgir naturalmente a partir da igreja de Stálin e da quantidade de sepulturas. Tentei não olhar para Macha, mas podia senti-la se concentrando no seu chá, virando-se para longe de mim.

— Não sei, Tatiana Vladimirovna — respondi. — Eu gostaria.

Não era totalmente verdade. Sempre vi conhecidos que se tornavam pais com uma mistura de desprezo e terror animal. Olhava os bebês, engatinhando e se agarrando a tudo, seus movimentos de tartaruga, intencionais e mesmo ao acaso, sem nenhum sentimento. Não se preocupe, agora é diferente. Eu sei que você quer ter filhos, está decidido.

Naquela tarde, eu apenas disse o que pensei que Macha poderia querer ouvir, o que a maioria das mulheres quer ouvir. E se ela tivesse me dito, então, que estava grávida, eu talvez quisesse ter o filho, talvez até ficasse feliz — não por causa do bebê, mas porque isso significaria que eu estava em alguma coisa com chances de durar para sempre. Embora, ao mesmo tempo, eu me pergunte se sabia, no fundo, que não poderíamos ter um final feliz, se a parte presente da coisa era o que eu mais gostava nela. Acho que eu podia ver que faltava alguma coisa, ou alguma coisa a mais, mesmo se estivesse tentando não ver.

— Eu quero ter filhos — falou Katia. — Talvez seis. Talvez sete. Mas só quando terminar meus estudos. — Ela era uma alma simples, pensei, um livro aberto, um conto de fadas.

— E Macha — disse Tatiana Vladimirovna, com carinho —, eu posso imaginar como mãe.

— Sim, eu quero filhos — respondeu Macha em uma voz baixa e intensa, sem erguer os olhos. — Mas não em Moscou.

— Machinka — disse Tatiana Vladimirovna, pegando uma das minhas mãos na dela, e uma das mãos de Macha na outra —, se eu pudesse mudar uma coisa na minha vida, seria essa. Piotr Arkadievich e eu nós não tivemos sorte e, é claro, ele tinha seu trabalho e tivemos uma vida boa juntos, mas, no final...

— Já chega — disse Macha, determinada, e tirou sua mão.

Os olhos de Tatiana Vladimirovna se alvoroçaram entre nós sob sua franja grisalha curva. Sob nossos pés, o piso estava escorregadio por causa da neve que morria.

Pedimos vodca e "arenque em casaco de pele" (peixe marinado enterrado em uma mistura de beterraba e maionese). Conversamos sobre as providências para a troca entre os apartamentos.

Eu disse que estava cuidando dos documentos de propriedade. E que achava que teríamos todas as certidões em algumas semanas.

— Obrigada, Nicholas — disse Tatiana Vladimirovna. — Muito obrigada.

Então conversamos sobre o dinheiro.

Acho que foi a primeira vez em que discutiram detalhadamente sobre o dinheiro. Macha disse que, como o novo apartamento em Butovo valia menos que o antigo apartamento de Tatiana Vladimirovna, Stepan Mikhailovich lhe daria 50 mil dólares. (Naquela época, as pessoas falavam, pensavam e subornavam em dólares em Moscou, pelo menos quando uma quantidade séria de dinheiro estava envolvida, embora, quando aconteciam, as transações legítimas fossem feitas em rublos.)

A verdade é que 50 mil não eram o bastante. Apartamentos no centro, como o de Tatiana Vladimirovna, eram procurados por estrangeiros embriagados em petróleo e por russos ricaços que gostavam de acomodar suas amantes perto do escritório. Em Moscou, havia garrafas de vinho que custavam quase o que Stepan Mikhailovich oferecia, e seres humanos que custavam muito menos. Mas, para Tatiana Vladimirovna, 50 mil dólares devem ter soado tão espantosos quanto as 20 mil pessoas enterradas umas sobre as outras sob a neve em Butovo.

Inicialmente, ela disse não, que não saberia o que fazer com tanto dinheiro. Então admitiu que era verdade, que sua pensão não era suficiente, que a pensão de ninguém era suficiente — embora, por outro lado, ela houvesse economizado algum dinheiro do seu trabalho e tivesse os descontos especiais dados pelo Estado aos sobreviventes do cerco de Leningrado e até um pouco mais, devido às contribuições do seu marido à causa perdida dos sovietes. Mesmo assim, disse ela, seria bom poder voltar a São Petersburgo algum dia...

— Aceite — disse Macha.

— Aceite — falou Katia.

— Tatiana Vladimirovna — comecei —, acho que você deveria aceitar o dinheiro.

Ela examinou nossos rostos mais uma vez.

— Vou aceitar — disse ela, batendo as mãos. — Talvez eu vá para Nova York! Ou para Londres — ponderou e piscou para mim.

Rimos e brindamos.

— A nós! — disse Tatiana Vladimirovna, engolindo sua vodca de uma vez. Ela sorriu, e sua bonita pele, ainda esticada sobre as salientes maçãs do rosto, pareceu por um momento a pele daquela garota feliz na foto tirada na Crimeia em 1956.

* * *

Naquele fevereiro — cerca de uma quinzena antes da data em que minha mãe chegaria —, peguei uma gripe moscovita assassina. Ela apresentou cada um dos seus sintomas em turnos, como músicos fazendo solos antes de se unirem para o *finale*: primeiro, o nariz escorrendo; depois, a garganta doída; depois, a dor de cabeça; então, o serviço completo. Macha prescreveu mel e conhaque, e nada de sexo oral. Passei dois ou três dias na cama, assistindo, desanimado, a caixas de DVDs de dramas americanos e escutando os barulhos dos limpadores de neve e dos caminhões de lixo pré-históricos e, do andar inferior, os ocasionais miados de tristeza de George.

Quando voltei ao escritório na Paveletskaia, Olga, a Tártara, se empoleirou na beira da minha mesa de trabalho e me explicou sobre os documentos que tínhamos até então para o apartamento de Tatiana Vladimirovna. A privatização seguira a lei, atestava um dos documentos. Outro mostrava que a prefeitura não tinha planos para derrubar o edifício. Um terceiro demonstrava que nenhuma outra pessoa tinha o direito de viver ali. O marido de Tatiana Vladimirovna estava listado ao lado dela em um dos documentos, mas alguém havia riscado seu nome e impresso a palavra "falecido" sobre ele. Tínhamos a certidão técnica com as dimensões dos cômodos, a planta do apartamento e os detalhes de encanamento e fiação. Todos os documentos estavam cheios de selos, como borrões sobre uma obra de arte moderna. Tantas essas certidões, pensei, e você ainda não tinha a propriedade do lugar, não realmente. Nunca se tinha a propriedade de qualquer coisa na Rússia. O czar ou o presidente ou quem quer que estivesse no poder poderia tomá-la ou tirar você de lá a qualquer momento que desejasse.

— Do que mais precisamos? — perguntei a Olga.

— Agora você só precisa do documento de transferência dado pelo departamento de registros de propriedade. E a senhora precisa ser examinada por um médico para provar que não está bêbada ou insana.

O exame era necessário, explicou Olga, porque algumas vezes os russos venderam seus apartamentos e, alguns meses depois, afirmaram que estavam mamados, drogados ou perturbados na época do negócio e conseguiam anular a venda e receber novamente o apartamento. Ou algum sobrinho sumido há muitos anos aparecia e alegava essas coisas por sua vez. Em um tribunal russo é possível provar qualquer coisa pagando a taxa certa, mas um atestado de uma clínica tornaria mais difícil que alguém tentasse, explicou ela.

Eu disse a Olga que ela era um anjo.

— Nem tanto — falou ela, mas soou mais triste do que provocante.

— E o apartamento em Butovo?

— Para o outro apartamento — ela disse —, também tivemos algum progresso. O prédio foi construído legalmente no território administrativo de Moscou. Não há mais ninguém registrado como morador na unidade da dessa senhora, o número 23. Ele está ligado ao sistema de esgoto e à rede elétrica da cidade. O proprietário é uma empresa chamada MosStroiInvest.

Eu disse que achava que Stepan Mikhailovich era proprietário do apartamento.

— Talvez essa MosStroiInvest seja a empresa dele — disse Olga.

Ela segurou os documentos sobre minha cabeça como uma isca.

— Então, quando tomaremos os coquetéis?

Pensei em algo que Paolo me disse logo que cheguei a Moscou. Ele disse que tinha uma má notícia para mim sobre ser advogado na Rússia, mas que também tinha uma boa notícia. A má notícia era que havia um trilhão de leis inúteis, ininteligíveis e contraditórias. A boa notícia era que ninguém esperava que você as obedecesse. Eu tinha certeza de que haveria uma maneira de contornar a MosStroiInvest.

— Logo — respondi, pegando os papéis.

Sergei Borisovich, o cara de batata, voltara das suas férias de inverno na Tailândia, eu me lembro, e nos fez assistir a uma apresentação em PowerPoint das suas fotos. Nós nos sentíamos virtuosos, ao menos no mundo dos negócios: havíamos assinado a segunda parcela do empréstimo do Cossaco e, de acordo com Viacheslav Alexandrovich, o supervisor, seguindo o ritmo atual de progresso, o empreendimento logo estaria habilitado a receber o restante do dinheiro. O Cossaco havia nos enviado um caixote de caranguejos vivos (do mar em volta do novo terminal, disse ele). Quando olhei através da minha janela na torre, pude ver um bando de limpadores de neve em uniforme laranja raspando os telhados brancos do outro lado da praça, arrastando-se pelas inclinações e alcançando perigosamente as calhas.

* * *

O aquecedor central tinha assado meu quarto. Abri uma janela para que um pouco de ar frio entrasse e puxei as estranhas cortinas pregueadas. Macha estava por cima, com os punhos pressionando meu peito, olhando a parede acima da minha cabeça, respirando e concentrando-se como um corredor de meia-distância.

Eu não a vi por mais de uma semana. Estive mal e pensei que ela havia viajado por alguns dias — seu telefone caía direto na secretária eletrônica —, embora ela tenha respondido que não quando lhe perguntei. De repente, lembrei-me do que Olga me disse, me preocupei e quis descobrir.

— O que é a MosStroiInvest, Macha?

— O quê?

— O que é a MosStroiInvest?

— O quê? — Ela parou de se balançar e se arquear, mas ainda ofegava. — Não sei — disse ela.

— É a empresa proprietária do apartamento em Butovo, Macha — falei. — O apartamento de Tatiana Vladimirovna.

Ela rolou para o lado. Deitou-se ao meu lado, olhando comigo para a linha como hieróglifos no meu teto. Nenhuma parte nossa estava se tocando.

— MosStroiInvest... Acho que é empresa de Stepan Mikhailovich. Ou de... Como se diz?... O marido de uma irmã de Stepan Mikhailovich.

— Cunhado.

— Sim, empresa do cunhado dele. Sim, acho que esse é nome de empresa. Sim, MosStroiInvest.

— É melhor ter certeza — falei. — Porque Tatiana Vladimirovna pode ter problemas. — Havia muitos problemas com empreiteiros russos naqueles dias. Às vezes, eles vendiam todos os apartamentos de um prédio e desapareciam antes que o edifício ficasse pronto, e os compradores protestavam montando acampamentos e pondo fogo em si mesmos ao lado dos escritórios do governo na Casa Branca, perto do hotel Ukraina.

Macha pensou um pouco, virou o rosto para o outro lado e enfiou-o no travesseiro. Seu pescoço estava avermelhado. Meus dedos deixaram marcas vermelhas nas suas costelas.

— Não haverá problemas — disse Macha. Ela se virou para me fitar, pegou minha mão nas dela, uma embaixo e outra por cima, e me olhou nos olhos. Seus olhos eram verde-floresta. Sua pele parecia jovem, sua carne era dura, tensa e musculosa, como em uma bailarina ou uma lutadora. — E, Kolia — continuou ela, mais fria do que carinhosa —, nós pedimos a você para preparar documentos para Tatiana Vladimirovna vender seu apartamento. Esses outros documentos para Butovo, Stepan Mikhailovich vai fazer. Não é preciso que você se preocupe. Nós já temos todos esses papéis. Para você, é necessário apenas dizer a Tatiana Vladimirovna que todos papéis estão em ordem. Você precisa dizer isso a ela, Kolia.

Eu não respondi. Ela me tocou.

— Volte — falei. Foi tudo, mas nós sabíamos o que aquilo significava. Eu tinha escolhido acreditar nela. Fiquei do seu lado.

— Está bem — disse ela, e voltou.

Ela é uma pessoa especial, Macha. Eu preciso te dizer isso. Todo aquele foco e autocontrole. Tenho certeza de que ela poderia ter sido uma grande cirurgiã. Ou talvez, em um século diferente, uma monja lutadora. Ou uma atriz — ela teria sido uma grande atriz. Ela *era* uma grande atriz.

* * *

As pessoas esquiavam no lago profundamente congelado na próxima vez em que passei pelo Bulvar rumo à Chistie Prudi. Um homem saía do apartamento de Tatiana Vladimirovna quando cheguei, um homem que não reconheci. Estava na casa dos 40 anos e tinha um jeito esperto; vestia um casaco de camurça de primeira qualidade. Banqueiro, pensei imediatamente. Ele usava um anel com sinete em um dos dedos mindinhos e parecia ter pagado um corte de cabelo caro há pouco tempo. Tinha cheiro de dinheiro. Katia flertava com ele enquanto ele tentava ir embora, sorrindo, se mexendo e empinando os seios. O homem me deu boa-noite em russo, ergueu o colarinho do casaco e foi embora. Ele não me pareceu o tipo de homem que poderia ter uma razão para visitar Tatiana Vladimirovna.

— Quem era? — perguntei enquanto tirava minhas botas.

— Não sei — disse Katia, e riu.

Imediatamente, Macha escorregou pelo piso de parquetes em suas meias, segurou-nos pela mão e disse:

— Gente, vem comer uns *blinis*!

Os russos estavam celebrando a Maslenitsa, um festival em parte pagão que acontece em fevereiro; alguma coisa a ver com a Quaresma, alguma coisa que supostamente tinha a ver com o final do inverno, quando os sinos das igrejas tocam e se come panquecas. Nós nos acomodamos nas extremidades da cozinha de Tatiana Vladimirovna, comendo *blinis* com creme azedo e caviar vermelho. As janelas da cozinha estavam seladas às armações com fita isolante contra o frio — um velho hábito siberiano, eu imaginava, do qual ela não conseguia se desfazer. Brindamos.

— Tenho quase todos os documentos para o apartamento — falei para Tatiana Vladimirovna.

— Imensos agradecimentos — disse ela, e me beijou nos dois lados do rosto.

— E Kolia também está preparando todos os papéis para seu novo apartamento em Butovo — acrescentou Macha, falando com ela, mas olhando para mim.

— Excelente — disse Tatiana Vladimirovna.

Sorri e escolhi não dizer nada.

| DOZE

— Quero que você conheça minha mãe, Macha.

— O quê?

— Minha mãe está vindo para a Rússia na próxima semana. Vou encontrá-la em São Petersburgo na quinta-feira
e trazê-la para Moscou no sábado. Ela vai ficar aqui até
terça-feira. Quero que você a conheça, Macha.

— Por quê?

Não sei por quê. Eu também queria que você a conhecesse, no final, para que pudesse entender onde está entrando
(embora eu saiba que você nunca entendeu completamente
porque a pouca importância dada por ela significa tanto
para mim, o que imagino ser comum em relação aos pais
de outras pessoas). Mas isso não aconteceu com Macha.
Ela nunca perguntou muito sobre a minha família e acho
que nunca imaginei um cenário onde ela e meus pais apa-
recessem com certa proeminência. Em parte, acho que eu
queria exibi-la, mostrar para minha mãe como a minha
vida na Rússia era completa sem ela e sem todos os outros.

Talvez, em parte, eu tentasse tranquilizá-la, oferecendo Macha como testemunha do meu contentamento e, por conseguinte, do seu moderado sucesso como mãe. Ou talvez eu quisesse e esperasse que Macha usasse, dissesse ou bebesse a coisa errada, que a irritasse e a insultasse do modo como eu não tinha estômago para fazer. Talvez eu até tentasse, de alguma forma, contaminar minha mãe com a mancha do que eu, sombriamente, sabia que estava para acontecer. Acho que para Macha eu tentava dizer "veja, eu não tenho segredos; é daí que eu venho, entre", e, ao mesmo tempo "não se preocupe, eu já não sou assim; saí daí; veja quão longe cheguei".

— Só por uma hora, Macha — falei. — Por favor. Não será nada.

— Tudo bem, Kolia — disse ela. — Vou conhecer sua mãe.

— Obrigada. Eu te devo uma, Macha.

— Tudo bem.

* * *

Duvido que ela realmente quisesse ter vindo. Acho que deve ter sentido algum espasmo tardio de ansiedade materna ou, pelo menos, da sensação de que supostamente deveria estar ansiosa. Pode ter vindo pelo zumbido de notícias ruins que começava a atingir a Rússia — a bomba no metrô, a explosão misteriosa do oleoduto e o negócio com o helicóptero do ex-ministro das Finanças. Eu desejava algum paralelo: que os adultos Nick e Rosemary pudessem ter conversado sobre o assunto com franqueza e ter dito que se amavam à

160

sua maneira, mas que concordavam que seriam demasiados cinco dias, 120 horas, com pouco a dizer e, ao mesmo tempo, muito, caso ousássemos ou nos importássemos. Mas não fizemos isso e, no começo de março, ela veio: minha mãe veio me visitar.

Esperei-a no aeroporto em São Petersburgo. Sempre parece, você não acha, um pequeno e adorável momento de graça quando você vê uma turma de estrangeiros felizes caminhando pelo saguão de chegada depois de voarem e aterrissarem vivos — e ao mesmo tempo, de alguma forma invejável e dolorosa, a maneira como abraçam seus parentes, às vezes choram, e depois se dão os braços e voltam às suas vidas sobre as quais você não sabe nada. Finalmente, minha mãe apareceu com os outros turistas ingleses. Beijamo-nos, constrangidos, como políticos em uma conferência, e encontrei um motorista de táxi para nos levar para a cidade. Era um coronel do exército aposentado, ele me contou quando conversamos pelo caminho. Disse que tinha uma linha bacana de roupas de exército pirateadas, se eu alguma vez me interessasse.

Eu havia reservado para nós um hotel do lado errado da Nevski Propekt — um daqueles estabelecimentos soviéticos do tamanho de uma cidade, com milhares de quartos, um corredor, um cassino, uma cafeteria vazia em cada piso e um bordel no porão. As prostitutas da casa conversavam nas mesas de café do saguão quando chegamos. O recepcionista me fez pagar adiantado pelas duas noites; uma precaução sensata, considerando o estado dos quartos (fios elétricos pendurados no teto como fiações telegráficas, e, nos banheiros, nenhuma pia e um carpete suspeito, marrom e úmido). Minha mãe disse que estava cansada, então comemos no hotel. Ela me fez perguntar se o salmão mencionado no cardápio estava fresco: a garçonete disse que ele "tinha sido congelado uma vez só". Havia um pequeno grupo de mafiosos de terceiro escalão no meio do restaurante e um grupo de garotas hesitantes, as quais os homens empurravam das suas cadeiras para dançarem umas com as outras entre as mesas, ameaçando os garçons para que aumentassem o volume.

Quando nos deitamos, alguém ficava me ligando para perguntar se eu estava aborrecido e se gostaria de ser apresentado a uma mulher muito bonita. Tirei o aparelho do gancho por volta das três horas da manhã e dormi até a tardia alvorada leitosa de São Petersburgo — a luz do norte que faz você se sentir como um sonâmbulo depois de acordar ou sentir que já está acordado quando ainda está dormindo.

Passamos um dia e meio olhando os Rembrandt e os dourados do museu Hermitage, passando apressados pelos canais gelados ("Eu não pensei que seria *tão* frio", falava minha mãe de um jeito idiota) e nos enfiando nos pátios amarelos e malévolos de São Petersburgo, com seus gatos trêmulos e pilhas geladas de lixo. Obedientemente, abrimos caminho ao redor das igrejas, todas sitiadas por mendigos — bêbados, soldados aleijados, bêbados fingindo ser soldados, um verdadeiro recruta adolescente do exército, que imaginei, estivesse trabalhando nas ruas para garantir a bebida dos oficiais — e muitos ícones, incenso, mulheres miseráveis com as cabeças cobertas com lenços e uma névoa de antigo preconceito. Além do velho vício, a droga para a alma que a igreja russa parecia empurrar: a ideia que a vida nesse lugar difícil poderia ser bonita.

Contei a ela sobre meu trabalho, sobre Paolo e um pouco sobre o Cossaco, mas perdi sua atenção quando tentei explicar sobre a Narodneft e o projeto de financiamento. Ela me falou que estava preocupada com meu pai — não com sua saúde, disse, ou não apenas com sua saúde. Contou sobre suas infâncias, a dela e a do meu pai. O pai dele voltou da Marinha depois da guerra, disse ela, mas sempre teve a cabeça distante, em algum lugar, e agora ela achava que isso podia explicar a distância entre mim, meu pai, meus irmãos. Ela não foi além, e não a pressionei. Foi assim naquele final de semana entre nós: começávamos conversas que poderiam ter nos levado a confidências ou a uma proximidade e, então, mudávamos o rumo bem a tempo. Ela falou e falou sobre umas férias muito frias que passou com seus pais em Gales, nos anos 1950, e sobre como o pai dela, que era ferroviário e a quem nunca conheci, conseguiu com que todos fizessem um piquenique sob uma chuva de granizo. Nevava enquanto ela falava. Seus óculos de coruja embaçavam constantemente. Ela usava botas constrangedoras.

Lá embaixo, ao longo do rio, o Palácio de Inverno reluzia como uma alucinação cor-de-rosa contra o pôr do sol antecipado. O Cavaleiro de Bronze tinha caspas. Parei em um quiosque e comprei, para Tatiana Vladimirovna, um daqueles globos de neve com a catedral de São Isaac dentro. De um jeito engraçado, acho que eu sentia falta dela.

— É um presente — falei. — Para uma mulher que conheço.

— Entendo — disse minha mãe. Ela me olhou de lado enquanto deslizávamos pela calçada gelada ao lado de um canal sem movimento. Eu sabia que ela queria insinuar alguma coisa com aquele olhar, queria que fosse um momento adulto entre nós. Mas não conseguiu lidar com aquilo, perturbou-se e olhou para o outro lado.

— Não — falei —, é para uma pessoa chamada Tatiana Vladimirovna, alguém que conheço e que vivia em São Petersburgo.

— Ah.

— Ela é tia de Macha.

— Macha... É aquela que ligou para você no Natal?

— Sim.

— Ah. Bom.

Voltamos para a Nevski Prospekt. Estava 10 graus negativos. O inverno se torna pior em março, de alguma forma, eu sempre achei, porque você pode ver o final e está desesperado para que ele chegue, como os soldados que têm mais medo quando sabem que a guerra está prestes a terminar.

— É bom que você esteja conhecendo a família dela, Nicholas. — Acho que foi sua maneira de perguntar se a coisa era séria.

— Só sua irmã, até agora — respondi. — Quero dizer, sua prima. E a tia. A tia mora bem perto de mim em Moscou. Ela fez panquecas para nós outro dia.

— Isso é muito bom — disse ela. — Adorável. Panquecas.

Acho que talvez ela estivesse com ciúmes — acho que Rosemary estava com ciúmes de Tatiana Vladimirovna. Acho que tinha razão para estar. Eu havia passado mais tempo com a velha senhora nos últimos meses do que com minha mãe nos últimos quatro anos. O que significava que só uma delas viu no que eu havia me transformado. Graças a Deus, eu não as apresentei.

* * *

Pegamos o trem para casa, o que leva cinco horas e viaja à tarde. Do lado de fora da estação em São Petersburgo, havia uma velha em pé, com uma capa de chuva, embalando um cachorrinho que parecia entorpecido. "Leningrado, a Cidade Heroica" estava escrito em letras grandes no telhado de um prédio, do outro lado. No trem, nós olhamos em silêncio os pântanos e as árvores congeladas — algumas em pé, outras recentemente caídas em frias clareiras arenosas. Dentro do vagão, havia um aroma de conhaque Dagestani e o toque intermitente, variado, dos telefones celulares. Uma garçonete passou com um carrinho. Quando tentei pedir uma cerveja e um copo de água mineral, ela disse "Você está brincando", olhando nos meus olhos até eu pedir um conhaque. Na estação de Moscou, metade dos detritos humanos do Império perdido parecia acumulada em volta da estátua de Lênin no saguão principal.

Achamos um táxi para nos levar até meu apartamento. "Muito aconchegante", disse minha mãe, olhando tudo a partir da entrada, como se tivesse receio de entrar, caso eu tivesse um antro de ópio ou uma masmorra de sádicos e masoquistas instalada na minha sala. Você sabe como ela é quando nos visita: esforça-se para parecer relaxada, mas julga e rearranja as coisas quando você não está olhando, tentando em silêncio tornar minha casa mais parecida com a da família. Fazendo-me sentir que nunca conseguirei escapar. Uma hora mais tarde, saímos para encontrar Macha no Café Lermontov — um restaurante caríssimo decorado como o palácio de um boiardo, que fica perto do Bulvar, no caminho da minha casa até a praça Puchkin.

Olhando para trás, acho que Macha estava envergonhada naquela noite. Creio que ela era capaz de se envergonhar. De alguma forma, minha mãe era coisa demais, não fazia parte do combinado. Ela não foi exatamente rude, apenas tímida e monossilábica de uma maneira que eu nunca tinha visto. Usava jeans escuros enfiados nas botas, um casaco preto e pouca maquiagem. Parecia que roubaria um banco mais tarde ou mudaria de roupa em um teatro. Sua roupa parecia dizer "Eu não estou aqui realmente".

— Nicholas comentou que você trabalha em uma loja — disse minha mãe, comendo o borche para turistas.

— Sim — disse Macha. — Trabalho em loja vendendo celulares. E planos telefônicos.

— Parece interessante.

Pausa. Engolida. Atenção desviada pela risada das madames de mais alta categoria, sentadas a uma mesa do canto.

— Kolia disse para mim que você é professora — Macha conseguiu dizer, por fim.

— Sim. Eu era professora primária — disse minha mãe —, mas estou aposentada. Meu marido também era professor.

Por todo lado, serviam bolinhos fritos, *pirojki* (pequenas tortas russas recheadas com carne e cogumelos) e uma quantidade de vodca que não era suficiente.

— Vamos ao Kremlin amanhã — falei.

— Sim — disse Macha. — Kremlin e a praça Vermelha são muito bonitos.

— Sim — concordou minha mãe. — Estou muito animada. Não queremos sobremesas, obrigado.

— Nicholas me disse que você não nasceu em Moscou.

— Não — disse Macha. — Sou de cidade chamada Murmansk. É muito longe daqui.

— É bom que sua família viva aqui.

— Minha família?

— Tatiana Vladimirovna — falei.

— Sim — disse Macha. — Sim. Nós temos uma tia. Sim, é muita sorte.

Macha desviou o olhar da mesa, olhando através da janela e depois para o alto, para as imitações de candelabros do século XVIII.

— Espero que um dia você nos visite na Inglaterra — disse minha mãe, o que, suponho, ela achou que deveria dizer, embora talvez estivesse realmente falando comigo.

Macha sorriu. A coisa toda foi uma agonia e, agora, havia terminado.

* * *

No dia seguinte, levei minha mãe ao Kremlin para ver as igrejas excessivamente enfeitadas, o sino maciço e rachado que nunca tocava e o poderoso canhão que era grande demais para disparar. Dois soldados, nos portões, tentaram nos extorquir uma taxa de entrada "especial". Depois fomos ao mercado Izmailovo, para que ela pudesse escolher algumas lembranças entre o caos de ícones, presas de cachalote, capacetes de astronautas, pesos de papel com a imagem de Stálin, máscaras de gás, samovares, algodão do Uzbequistão, granadas de mão nazistas, bonecas russas com a cara da Britney Spears e do Osama bin Laden, tapetes, ursos bailarinos maltratados e tristes senhoras gordas se congelando e cantando "Kalinka Malinka" para os turistas. Ela comprou um chapéu de pele para meu pai e uma caixinha de joias, pintada com uma floresta russa, para si. Tirei uma folga na segunda-feira e fomos ao cemitério Novodevichi, onde Khruschov e outros figurões estavam enterrados em túmulos vistosos. Crianças russas destemidas se arremessavam em trenós improvisados na descida desde os muros do convento adjacente até o lago congelado, enquanto o sol tardio de inverno batia nos domos prateados. Visitamos a estação de metrô Maiakovskaia no caminho para casa, com seu teto brilhante em mosaicos de zepelins, paraquedistas e aviões de caça, além da discreta insígnia de martelo e foice espalhada entre eles, que ainda não havia sido removida.

À noite, fomos a um concerto de música clássica no con servatório em Bolshaia Nikitskaia, no salão principal, onde havia, alinhadas pelas paredes, pinturas ruins de compositores. Houve uma pequena cena no começo, porque duas mulheres estavam sentadas nos nossos lugares e só consegui que elas saíssem com a ajuda de um lanterninha feroz. Não me lembro qual era a música. Mas me lembro de ter olhado para minha mãe depois do intervalo, para seu colo, e ver suas mãos juntas, os polegares girando um sobre o outro, e ter uma sensação repentina de ser ela, ainda, uma garota em férias geladas em Gales — de ver a pessoa que ela foi antes de ser minha mãe e compreender quão pouco a conhecia.

Voltamos para casa caminhando, subindo pela Bolshaia Nikitskaia até o edifício que pertence à mentirosa agência de notícias russa, com suas grandes janelas de aquário, e seguindo pelo Bulvar. Metade das calçadas da minha rua fora isolada com fitas de plástico, estendidas entre varetas de metal como em uma cena de crime, para proteger os pedestres dos pingentes de gelo letais que se penduravam das calhas, decididos a cair. O monte de neve que escondia o Zhiguli laranja tinha a forma de um iglu desmoronado ou de um túmulo, tendo a superfície cheia de lixo e espigas, com garrafas parcialmente submersas e galhos emaranhados.

Oleg Nikolaevich estava no seu andar, carregando uma sacola que cheirava a cocô de gato, sorrindo tão derrotado quanto um aristocrata na carroça que o levaria à guilhotina. A essa altura, eu, em geral, tentava evitá-lo, verdade seja dita, para não precisar falar sobre seu amigo desaparecido ou ver o desapontamento nos seus olhos. Em geral, eu pegava o elevador para evitar o andar assombrado por ele, o que tenho certeza de que ele percebeu.

— Oleg Nikolaevich — falei —, essa é minha mãe, Rosemary.

— Muito prazer em conhecê-la — disse Oleg Nikolaevich em russo. Ele pegou a mão dela e acho que estava prestes a beijá-la, mas achou melhor não o fazer. Então, em seu inglês rudimentar, ele disse: — Como gosta da nossa Rússia?

— Muito — respondeu ela, alto como algumas pessoas inglesas fazem quando falam com estrangeiros, como se fossem todos um pouco surdos. — É um lindo país.

Ficamos ali, sufocando sob o aquecimento central incontrolável; boa vontade e silêncio. Os olhos de Oleg Nikolaevich estavam muito injetados, eu me lembro de ter reparado, como se ele tivesse chorado.

— Alguma notícia de Konstantin Andreievich?

— Nenhuma — disse Oleg Nikolaevich.

— Como está George?

— George sempre fica infeliz em março.

— E como você está, Oleg Nikolaevich?

— No reino da esperança — disse Oleg Nikolaevich —, nunca é inverno.

Eu lhe dei boa-noite, e minha mãe também, e começávamos a subir as escadas quando Oleg Nikolaevich soltou sua sacola com cocô de gato e segurou a manga do casaco dela.

— Sra. Platt — disse ele, em inglês, em um tipo engraçado de cochicho ensaiado —, cuide do seu filho. Cuide.

* * *

No meu apartamento, minha mãe desapareceu no banheiro. Sentado na cozinha, escutei a água da torneira correndo, o ruído da descarga, dentes sendo escovados, as abluções automáticas e pouco elaboradas de uma sessentona resignada.

Eu havia oferecido minha cama para minha mãe e abri o sofá no quarto extra para mim. Escutei-a entrando no meu quarto, saindo e entrando na cozinha. Ela usava uma velha camisola até os tornozelos que pode ter sido púrpura ou lilás, mas tinha se desbotado até um tom cinza surrado. Ela foi até a geladeira, pegar um pouco de água, e parou e se virou para mim ao voltar para a cama.

— O que ele quis dizer, Nicholas? Seu vizinho?

— Não sei, mãe. Ele está chateado porque perdeu um amigo. Acho que ele bebe — respondi, mesmo sem acreditar no que dizia. Até onde eu sabia, Oleg Nikolaevich sempre estava sóbrio quando eu o via.

Ela ficou ali, em silêncio, mas estava tentando, realmente tentando; eu podia ver.

— Você tem certeza sobre aquela garota, Nicholas? Sobre Macha.

— Por quê?

— É que ela parecia... fria. Fria demais para você, talvez, Nicky.

— Sim — falei. — Tenho certeza.

— Você está feliz, Nicholas?

Era a pergunta mais importante que ela me fazia em cerca de 20 anos. Refleti. Respondi com sinceridade.

— Sim — falei. — Estou feliz.

* * *

Eu devia um favor a Macha, e ela o cobrou.

Era, eu acho, quase meados de março. Havia uma crosta que parecia sêmen grosso e seco no punho direito do meu casaco acolchoado no estilo homem da Michelin, onde durante meses sequei meu nariz enquanto enfrentava as ruas. Eu não via Macha há cerca de uma semana, desde a noite com minha mãe. Acho que ela esteve fora de Moscou mas, outra vez, ela não confirmou minha suposição. Eu não via Katia há mais tempo. Nós nos encontramos em um restaurante perto de Tverskaia, do outro lado do trecho aquecido ao longo da prefeitura. A temperatura ainda estava abaixo de zero, mas Macha já tinha voltado ao seu casaco outonal de pele de gato. Katia estava atrasada.

— Você gostou da minha mãe? — perguntei a Macha.

— Para mim, foi muito interessante. Ela é... Como vocês dizem em inglês? Assustada. Ela é uma pessoa assustada. Talvez como você.

Seu cabelo estava penteado para trás, bem esticado sobre o couro cabeludo, e seus olhos refletiam o brilho das luzes no teto. Ela olhou para mim e eu desviei o olhar. Uma garçonete chegou e pedimos vodca e bolinhos de carne.

— Como é sua mãe, Macha? — perguntei.

— Não é ruim — disse ela —, mas muito cansada. Ficando velha.

— Eu gostaria de conhecê-la.

— Um dia, talvez.

— Como está seu trabalho?

— Eu finjo que trabalho, eles fingem que me pagam.

Katia chegou. Ela era apenas seis meses mais velha do que quando as conheci, mas foi um período longo para uma garota na idade dela. Cresceram seus quadris, lábios e possibilidades. Foram longos seis meses para todos nós — ou longos e curtos ao mesmo tempo, como todos os invernos russos, que parecem que nunca terminarão e que precisam continuar para sempre até chegar o calor, quando parece que o inverno nunca existiu.

Katia tirou o casaco e se sentou. Debaixo da blusa, vi de relance uma nova tatuagem "me fode" no osso de seu quadril.

— Como está a faculdade? — perguntei.

— Bem — disse ela. — Excelente. Sou a segunda da turma. Logo terei provas.

Ela nos fez um relato longo e irritado sobre como, naquela noite, dois homens entraram no seu vagão e pegaram 10 rublos de cada um dos passageiros, fingindo ser inspetores de bilhetes. Como quase nenhum passageiro tinha o bilhete, todos pagaram, embora soubessem que os homens eram impostores.

— Terrível — disse Macha.

— Terrível — repeti, como se fosse o acontecimento mais terrível que qualquer um de nós pudesse ou quisesse imaginar.

Elas tinham duas coisas para me dizer naquela noite. Uma delas, a primeira, a que, percebo agora, serviria para me amaciar, era que planejavam ir a Odessa para um longo final de semana no final de maio ou no começo de junho e queriam saber se eu gostaria de ir com elas.

— Você lembra? — perguntou Katia. — De fotos.

As fotos que elas me mostraram na nossa primeira noite, no restaurante flutuante azeri, no começo do inverno. Se eu me lembrava?

— Sim — respondi. — Lembro.

Elas disseram que um tio distante tinha um lugar perto da praia, onde poderíamos ficar. Nadaríamos e iríamos a clubes noturnos. Seria "chique", disse Katia. Seria perfeito, comentou Macha. Eu respondi que adoraria ir a Odessa com elas.

A outra coisa sobre a qual queriam falar era o dinheiro.

— Stepan Mikhailovich está tendo problemas com o dinheiro, o dinheiro para Tatiana Vladimirovna — explicou Macha. — Por causa de algumas questões com seus negócios. Ele disse que está muito devagar, esse prédio. É necessário pagar seus homens do Tadjiquistão. Ele pode pagar polícia para prender todos tadjiques — é mais barato —, mas então precisa achar novos trabalhadores. Ele pode dar 25 mil por Tatiana Vladimirovna, mas tem problema com os outros 25 mil. É claro que Tatiana Vladimirovna não pede tanto dinheiro, então Stepan Mikhailovich pode simplesmente dizer que ela terá apenas metade, apenas 25 mil. Esse jeito é fácil. Mas nós achamos que é mais gentil se ele pedir dinheiro emprestado para dar a ela.

— Por que Stepan Mikhailovich não lhe dá o dinheiro mais tarde, quando estiver tudo certo?

— Isso também é possível — disse Macha. — Mas, francamente falando, depois que eles trocarem os apartamentos, acho que Stepan Mikhailovich pensará que é melhor ficar com dinheiro do que dar para essa *babuchka*. Mas se estiver devendo dinheiro para alguém importante, talvez ele pague. Como se estiver devendo dinheiro para estrangeiro. Talvez para advogado.

Levei um tempo para analisar a situação. Então, eu disse:

— Quando? Quando eles vão precisar?

— Eles devem fazer acordo para dia da venda. Acho que pode ser depois de dois ou três meses. Talvez logo depois de Odessa.

Eu nunca havia comprado uma casa em Londres. Aluguei o lugar que dividi por um tempo com minha antiga namorada (eu o mostrei a você certa vez, eu acho, no caminho para um jantar na casa daquela mulher da sua antiga agência; não consigo lembrar o nome dela). Eu hesitei quando os preços das casas estavam subindo e, depois, decidi esperar até que abaixassem. Eu tinha um bom dinheiro parado preguiçosamente na minha conta bancária, esperando que eu me decidisse sobre o que fazer, sobre o que eu faria quando crescesse. Eu ganhava bem, mais do que meus pais jamais ganharam juntos: não muito nos novos padrões russos, talvez, mas o suficiente para que eu pudesse emprestar 25 mil dólares por alguns meses. Na verdade, eu havia emprestado poucas quantias a russos uma ou duas vezes antes — uma secretária do escritório, uma garota siberiana que conheci em uma festa e que queria comprar uma motocicleta — e sempre fui pago. Eu achava que sabia escolher as pessoas. Com Macha e Katia, disse a mim mesmo que, fosse o que quer que acontecesse, estávamos no mesmo lado. Embora eu ache, ao mesmo tempo, que estava feliz em pagar, até aliviado — porque me tornava útil, porém, mais do que isso, porque acho que eu sempre soube que precisaria haver um preço, que se mostrou ser apenas dinheiro, pelo menos para mim. Quanto a elas, acho que elas me pediram o dinheiro porque podiam, como se fosse um tipo de dever moral.

Macha disse que precisavam de 25 mil dólares para Tatiana Vladimirovna. Mas eram também 25 mil dólares por aquele jantar com minha mãe e, em particular, pelo final de semana promissor em Odessa, talvez no mesmo quarto onde Macha tirou a foto de si mesma no espelho, quase nua; uma foto que ainda posso ver se fechar os olhos, como um religioso exilado pode ver seu ícone favorito.

— Tudo bem — respondi. — Diga a Stepan Mikhailovich que estou pronto para lhe emprestar o dinheiro. Diga a ele que eu insisto.

— Tudo bem — disse Macha.

— Tudo bem — repetiu Katia, e serviu a vodca.

— A nós! — disse Macha, e tinimos os copos; seus lábios umedecidos pela vodca que ela bebia, minha garganta queimando, minha pele fria e úmida por causa da apreensão e a excitação que meus receios trouxeram.

— Não tenho medo — falei.

* * *

Quando voltei para casa naquela noite, encontrei uma mancha de sangue nas paredes internas do meu prédio, subindo pela escada, mais ou menos à altura da cintura. Perto de uma das portas do segundo andar, o sangue descia, como se a pessoa que sangrava encostada na parede tivesse caído ali. Embaixo, havia uma pequena poça de sangue e, perto da poça, um par de sapatos pretos e velhos, perfeitamente paralelos um ao outro e com os cadarços amarrados.

Quando desci as escadas pela manhã, o sangue nas paredes tinha sido lavado, mas os sapatos ainda estavam lá. Era um dos alcoólatras do andar superior, alguém me contou mais tarde. Ele caiu. Não era nada com o que se preocupar, me disseram.

TREZE

No final de março, a neve marrom de Moscou começou a dérreter, tentando se congelar outra vez quando a temperatura caiu por um ou dois dias e deixando uma lama asquerosa — *sliakot*, dizem os russos — da qual você quase espera que um braço pré-histórico peludo se erga e o puxe para baixo. A calçada e o meio-fio no meu lado da rua, onde a neve se empilhou, reapareciam lentamente enquanto os montes glaciais cediam território centímetro a centímetro. Um único farol manchado emergiu do monte onde o Zhiguli perdido estava enterrado, piscando como um olho injetado embaçado.

Era o final de março ou, talvez, o comecinho de abril. Encontramo-nos no apartamento de Tatiana Vladimirovna para que ela assinasse os papéis do contrato preliminar que eu havia preparado usando a procuração que ela me dera: seu apartamento perto do lago seria trocado por um novo, em Butovo, e mais 50 mil dólares, em um dia no início de junho. Atravessei o Bulvar até seu apartamento através da neve enlameada da tarde. Na passagem subterrânea da praça Puchkin, eu me lembro, havia um velho tocando acordeão, com um gatinho espaçoso no seu colo, mas eu estava com pressa e não lhe dei nada.

Estava cedo. Talvez eu tivesse chegado cedo de propósito, antes de Katia e Macha, sem saber realmente o motivo. Era apenas minha segunda vez a sós com Tatiana Vladimirovna, depois daqueles poucos minutos na sala de espera do cartório quando Katia teve um programa melhor e nos deixou. Foi naquela tarde, antes que as garotas chegassem, que descobri que ela não era e nunca fora tia delas — nem em inglês nem em russo, não era tia em língua alguma. Foi minha última chance.

Tirei meus sapatos. Ela já havia começado a empacotar suas coisas. Caixas de papelão estavam empilhadas ao longo do piso de parquetes do corredor, abertas e cheias de papéis e de quinquilharias (o braço de um candelabro saía de uma delas como o braço de um cadáver sairia de um caixão), junto com uma ou duas daquelas enormes bolsas estampadas que vemos imigrantes arrastando pelos aeroportos. Mas nada na sala parecia ter sido tocado. As fotos de si mesma flexível e stalinista e do seu falecido esposo, as enciclopédias antiquadas e o telefone medieval ainda estavam ali como mostras de um museu sobre como eles viviam antes, junto com minha caixa de chá inglês em formato de ônibus. Os animais fantasmagóricos me observavam desde o outro lado do lago naquela tarde úmida. Tatiana Vladimirovna trouxe chá e geleia.

Eu lhe dei o bobo globo de neve com a catedral, que havia comprado em São Petersburgo. Ela sorriu como um bebê, beijou-me e colocou-o na escrivaninha, entre o telefone e a foto do seu marido.

Ela me perguntou se eu gostei de São Petersburgo. A verdade era que eu achara a cidade estressante e vagamente assombrada, mas menti educadamente e disse que sim, era muito bonita, a cidade mais bonita do mundo. Não me lembro agora se a incentivei ou se ela falou por conta própria, com a conversa passando naturalmente de minha visita para o passado dela, mas, naquele dia, conversamos sobre o cerco.

Ela disse que estava sempre frio e nevando quando pensava em Leningrado — olhou meu presente e sorriu —, embora soubesse que parte do tempo que passara ali foi verão e estava quente e iluminado. Claro, disse ela, que São Isaac não era uma catedral na época. Os comunistas a transformaram em um museu do ateísmo ou em uma piscina; ela não se lembrava, devia estar enlouquecendo.

— Tudo foi virado de ponta-cabeça — disse ela. — No começo, escutávamos o rádio, e ele nos dizia que éramos heróis e que Leningrado era uma cidade heroica, e nos sentimos como heróis. Mas, então, as pessoas se tornaram animais, você entende? E todos os outros animais eram comida. Nós tínhamos um cachorro, era apenas um cachorrinho, e o escondemos das outras pessoas. Mas ele morreu, de qualquer forma, e, no final, nós o comemos. Teria sido melhor comê-lo quando ele estava gordo!

Ela riu uma risadinha feroz, russa.

— As pessoas mais ricas eram aquelas que tinham mais livros — disse ela. — Elas os queimavam, você entende?

— Sim — respondi, embora obviamente não entendesse.

— Livros serviam para serem queimados. Cachorros, para serem comidos. Cavalos também, às vezes enquanto ainda estavam vivos. Eles caíam nas ruas e as pessoas corriam com suas facas. Botas e sapatos serviam para fazer sopa.

Ela parou e engoliu de alguma forma, sempre tentando sorrir.

— Eu estava em um porão... Lembro que depois da guerra, no acampamento para as crianças, eles me deram um sorvete. Disseram que eu tinha sorte.

— Você gostaria mesmo de voltar a São Petersburgo? — perguntei.

— Talvez. — Ela fechou os olhos por cerca de cinco segundos e os abriu novamente. — Não.

Eu lhe perguntei se a família de Macha e de Katia esteve em Leningrado com ela durante o cerco.

— Não sei — disse ela. — Havia muitas pessoas em Leningrado. Mais no começo, é claro.

— Vocês não moravam juntos?

— O quê?

— Pensei que vocês podiam ter morado juntos

— Por que moraríamos juntos?

— Porque são da mesma família.

— Família? Não, elas não são da minha família.

Sim, eu fiquei surpreso, embora talvez não completamente. Mas, naquele momento, escolhi esconder a surpresa. Escolhi não aproveitar minha última chance.

— Perdão, Tatiana Vladimirovna — falei. — Foi um engano. Pensei que você fosse tia de Macha e Katia.

— Tia? Não — disse Tatiana Vladimirovna, balançando a cabeça, mas sorrindo. — Eu não tenho família. Ninguém. — Ela desviou os olhos e se balançou ligeiramente no assento.

— Então, como você as conheceu? — perguntei tão calmamente quanto consegui. Não queria alarmá-la, mas queria os fatos. — Como você conheceu Katia e Macha?

— Foi muito estranho — disse ela, mexendo os quadris sobre o sofá como se estivesse se preparando para uma história longa e envolvente. — Eu as conheci no metrô.

* * *

Voltarei a Tatiana Vladimirovna, prometo, mas quero correr para a frente outra vez, só em algumas horas. Quero lhe contar o que aconteceu mais tarde. Acho que vai ajudar você a entender o modo como eu estava me comportando. Supondo que você queira entender. Isso *me* ajuda: olhando para trás, os dois encontros parecem partes de um mesmo evento, uma pequena revelação se espalhando por uma tarde e uma noite.

Depois que deixamos Tatiana Vladimirovna, fui, com Paolo, encontrar Viacheslav Alexandrovich, o supervisor, e o Cossaco. Era domingo, eu acho, mas precisávamos vê-los urgentemente. Os bancos deveriam liberar a última e maior parcela do empréstimo no dia seguinte: 250 milhões de dólares, mais ou menos. O Cossaco nos convidou a encontrá-los em um edifício de escritórios no aterro, perto da velha embaixada britânica e na outra margem do rio em relação às paredes cor de carne humana do Kremlin.

Não era o escritório dele, descobrimos depois. Duvido que o Cossaco sequer tivesse um escritório na época. Tinha apenas um Hummer, sua audácia e seu *kricha*.

Subimos em um elevador cercado de espelhos até o terceiro ou o quarto andar, rumo a uma sala onde havia uma mesa de reunião imponente e janelas que davam para o rio. Era um final de tarde cinzento, mas se podia ver que o gelo no rio estava empenando e rachando, com grandes pedaços se esfregando e se acotovelando, empurrados pela água, como uma imensa cobra trocando sua pele. Longe, ao longo do aterro, os prédios amarelos e cinzentos desapareciam no céu sujo e as luzes das janelas superiores reluziam no escuro como objetos não identificados voando baixo.

Havia vodca (junto com pão preto e picles, para manter as aparências).

— Bebem alguma coisa? — perguntou o Cossaco, andando até o aparador.

— Só uma dose — disse Paolo.

— Tudo bem — respondi.

— Não, obrigado — disse Viacheslav Alexandrovich.

Paolo o conhecia desde a vez anterior em que ele trabalhara conosco, mas eu só o havia encontrado uma vez, no começo do inverno, quando o contratamos para o serviço com o terminal de petróleo. Era um homem baixo, pálido, muito cabelo, óculos soviéticos grossos e olhos preocupados. Suponho que, se você quisesse, poderia dizer que ele parecia uma versão comprimida e mirrada de mim. Seu terno cheirava a cigarros e Brejnev. Lembro que ele tinha pedaços de algodão enfiados nos ouvidos, uma precaução de alguns russos supersticiosos quando precisam sair de casa resfriados.

A garrafa de vodca tinha o formato de um fuzil kalashnikov. O Cossaco pegou-a pela base e serviu quatro boas doses. Quando me passou um copo, vi que suas abotoaduras eram miniaturas de notas de dólar.

— Algo para beber — disse ele a Viacheslav Alexandrovich, mandando, não perguntando, enquanto lhe passava o copo que ele não queria.

— A nós! — brindou o Cossaco, esvaziando o copo e, depois, limpando a boca nas costas da manga de sua camisa preto-funeral. Paolo e eu brindamos e bebemos. Era da melhor qualidade, suave, não queimava, quase sem gosto.

Viacheslav Alexandrovich tomou um gole e sorriu, sem graça.

— Beba — disse o Cossaco, sem sorrir.

Viacheslav Alexandrovich respirou fundo, como um mergulhador se preparando, e entornou a bebida. Depois, tossiu, com seus olhos de peixe piscando e se umedecendo atrás dos óculos.

O Cossaco riu e deu-lhe um tapa nas costas. Eles deviam ter mais ou menos a mesma altura, mas o Cossaco tinha um porte de quem levantava peso na prisão enquanto Viacheslav Alexandrovich era todo desajeitado e barrigudo, com um daqueles corpos mal-ajambrados que são, de alguma maneira, gordos e magros ao mesmo tempo. Ele se inclinou para a frente, se equilibrou e tentou sorrir outra vez.

— Muito bem — disse o Cossaco. — Então, vamos nos sentar.

Estávamos ali para atestar os papéis que os bancos precisavam antes que fizessem o cheque final ou apertassem o botão que transferiria a grana. Cada um de nós tinha cópias laminadas das cartas de garantia do governador regional do Ártico. Tínhamos as promessas da Narodneft sobre as entregas de petróleo em grande volume. Os bancos tinham seus seguros contra riscos políticos e nosso encorajador contrato, do tamanho de um livro. Mas precisávamos do último relatório de desenvolvimento feito por Viacheslav Alexandrovich.

Anotei algumas coisas. Todos eles fumavam; Viacheslav Alexandrovich inalando apressadamente, mas parecendo menos relaxado a cada tragada. Ele nos contou que o superpetroleiro havia sido completamente convertido e que os rebocadores estavam prestes a levá-lo até o local do carregamento. As 12 âncoras que o manteriam no lugar tinham sido afundadas e o fundo marítimo fora preparado. Ele se levantou e nos mostrou uma apresentação, que projetou criando uma tela na parede. Incluiu desenhos em escala e fotos que mostravam pedaços inflexíveis de espigões de equipamento afundados na lama. Havia uma parte extensa de um cano parcialmente enterrada no gelo, como um cadáver negligentemente abandonado, e uma imagem borrada que supostamente mostrava o fundo do oceano Ártico. A apresentação estacou em um ponto, e pude ver o suor aparecendo na nuca e no nariz de Viacheslav Alexandrovich enquanto ele socava o computador para fazê-lo continuar.

Como conclusão, ele se disse confiante de que o equipamento estava pronto para que a exportação segura de petróleo começasse muito em breve. No final, ele fitou a mesa e fumou como se sua vida dependesse disso.

O Cossaco disse:

— Boas notícias!

Paolo e eu conversamos. Eu estava distraído naquela noite, é verdade. Mas, de qualquer forma, aquilo era sobretudo uma formalidade. Era tarde demais para aconselharmos os bancos a recuarem, mesmo se quiséssemos. E não queríamos: Viacheslav Alexandrovich parecia meticuloso e a Narodneft ainda estava no negócio. Não discutimos muito. Paolo disse que achava que os bancos deveriam liberar o dinheiro. Eu concordei. Comunicamos ao Cossaco.

— Ok — falou ele, mexendo na franja.

Contudo, a principal razão que me fez lembrar essa noite — a razão que a fez se misturar à minha conversa com Tatiana Vladimirovna, a razão que me faz querer contar a você sobre isso — não é o encontro em si ou a casual tortura profissional que vi o Cossaco infligir em Viacheslav Alexandrovich. Foi o que fizemos depois. Foi a única vez em que vi Paolo realmente com raiva, incluindo o que aconteceu mais tarde, e a única vez em que discutimos, sendo ele um homem cujo propósito na vida era transformar discordâncias em acordos, encontrar palavras aceitáveis e envernizar realidades desagradáveis.

Finalizamos nosso negócio. Os palácios iluminados do Kremlin brilhavam do outro lado do rio e através da noite repentina. O Cossaco nos convidou para um jantar como forma de comemoração.

— E depois do jantar — disse ele — quem sabe? — Seus olhos relampejavam com pilhagens, saques e esquemas de lavagem de dinheiro.

Viacheslav Alexandrovich inventou suas desculpas e foi embora. Paolo, o Cossaco e eu caminhamos pela rua até o Hummer com vidros escurecidos do Cossaco. Paolo subiu a gola do seu casaco italiano. Lembro que o Cossaco usava um daqueles chapéus de pele, feito de algum animal em extinção, que ficam no alto da cabeça dos homens russos e deixam suas orelhas expostas apenas para mostrar como são durões. Dentro do carro, havia uma televisão com tela de plasma, uma geladeira e um motorista com uma cicatriz roxa no rosto. O motorista abaixou a janela, deixando entrar o ar cortante do final do inverno, colocou a outra mão embaixo do banco do carona e tirou dali uma lâmpada azul da polícia, que colocou no teto. Ele apertou um botão e avançamos pela neblina, ao longo do rio, com nossa lâmpada azul cintilante — passando por um hotel cujo *brunch* de domingo custava 200 dólares e subindo até a Casa do Embarcadouro, o prédio de carma ruim onde viviam os homens de confiança de Stálin nos anos 1930, até não viverem mais, e que àquela altura tinha no topo uma grande placa rotativa da Mercedes. Na Kropotkinskaia, ao longo do muro da catedral, idosas em uma fila murmuravam hinos sob as luzes amarelas da rua, esperando para ver qualquer que fosse o ícone repatriado — algum cacho de cabelos santos ou um pedaço de uma rótula santa — exibido lá dentro. Elas pareciam irreais, como figurantes no cenário de um filme, naquela cidade de luxúria em néon e de pecados frenéticos.

Ficamos parados no sinal; o Cossaco praguejou e chutou as costas do banco do motorista.

Na Ostojenka, descemos em frente a um restaurante-clube da *elitny*. Absinto, acho que se chamava. A luz azul foi desligada. Uma fila de pretendentes a serem esposas de oligarcas tremia na neve suja da calçada, esperando um sorriso do *feis kontrol* supremo do local. A multidão se abriu para o Cossaco como o trânsito fizera para sua luz azul. Ele carregava uma bolsa masculina de couro, grande o suficiente para guardar uma pequena semiautomática, que era a onda entre as classes musculosas e endinheiradas de Moscou — acessórios tão comuns que eram de algum modo ameaçadores, como se eles desafiassem alguém a tentar roubá-los. Ele tirou alguma coisa da bolsa, balançou-a para os leões de chácara e entrou na terra prometida. Entramos atrás dele e entregamos nossos casacos à bonita atendente do vestiário.

— O que foi aquilo? — perguntei depois que nos sentamos.

— O quê? — perguntou o Cossaco, chamando um garçom com um gesto autoritário e preguiçoso de um dos dedos. O ar estava denso de fumaça, música *techno* russa e o aroma de mulheres de luxo.

— O que você mostrou aos leões de chácara?

Ele abriu a bolsa e tirou um cartão com uma águia de duas cabeças de um lado e, do outro, uma identidade com foto. O documento declarava que ele trabalhava para o secretariado de assuntos econômicos no Kremlin. Ele girou sua carteira contrabandeada entre os dedos.

— Proibido — disse ele — só quer dizer caro.

Pedimos coquetéis, e o Cossaco se levantou para fazer um brinde quando eles chegaram, depois outro e mais outro: "À nossa amizade... À nossa cooperação... Que nossas famílias prosperem... Que nossos países sempre estejam em paz... Que vocês venham nos visitar no norte." Um brinde russo é o sonho líquido de uma vida diferente.

— Há uma coisa que eu queria perguntar — falei.

— Qualquer coisa — disse o Cossaco, abrindo amplamente os braços e fazendo um olhar inocente.

— Você já ouviu falar de uma empresa chamada MosStroiInvest? — Eu estava curioso.

— MosStroiInvest? MosStroiInvest... Não, acho que não. Talvez, sim, talvez. Por quê?

— Tenho um amigo que está comprando uma coisa deles. Um apartamento; eu queria saber se são confiáveis.

— Entendo — disse o Cossaco. — Vou investigar, Ok? Perguntarei aos meus amigos na construção civil e aviso a você. Provavelmente na próxima semana. Ok?

— Obrigado.

— Agora — disse o Cossaco —, há uma coisa que eu quero perguntar, meu amigo. Sobre aquelas garotas. — Ele sacudiu um dedo para mim.

— Quais garotas? — perguntou Paolo.

— Você ficou com uma — disse o Cossaco — ou com as duas? Talvez com as duas juntas?

— Elas são irmãs — falei.

— Isso torna mais interessante — disse o Cossaco. Eu acho que eles são treinados para fazer isso, os espiões russos: descobrir alguma coisa sobre você, pegar um pequeno pedaço de nada e usá-lo contra você, de modo que você se pergunta como eles souberam, o que mais podem saber e a quem podem contar, e aí você se preocupa. São boas garotas, Nicholas?

— Acho que sim.

— Tenha cuidado — disse o Cossaco. — Às vezes, na nossa Rússia, as pessoas podem ser menos gentis do que parecem. Você me entende?

O telefone celular do Cossaco tocou (sua música era "The Final Countdown"). Ele atendeu, murmurou alguma coisa e fez um último brinde, o favorito dos idiotas de Moscou: "Que o pau fique duro e que haja dinheiro!" Ele entregou seu cartão de crédito ao garçom, beijou-nos nas duas faces, disse "*ciao*" a Paolo e saiu.

Nunca mais o vi nem falei com ele, sem contar duas vezes, meses depois, em noticiários na TV — durante a última guerra no Cáucaso, depois que ele se tornou representante do ministro da Defesa —, quando acho que o vi sorrindo, ao fundo, enquanto o presidente discursava para a colérica nação russa.

— Bárbaro — sussurrei. Ou talvez alguma coisa menos educada.

Seja porque ele achou que eu estava errado, porque secretamente achou que eu estava certo, porque sua esposa o assediava para comprar um novo modelo da BMW ou uma cirurgia plástica ou por alguma outra razão que eu não poderia imaginar, Paolo jogou:

— Você acha que é muito diferente dele, Nicholas? — Seus dentes apareceram e, de repente, ele pareceu velho sob a luz malva do restaurante. Sua gramática pareceu emperrar. — Senhor Cavaleiro Inglês, você acha que eles fazem as coisas de um modo muito diferente em Londres? Sim, lá eles são mais sutis, *ecco*, mais bacanas, mais limpos — aqui gesticulou como se lavasse suas mãos ossudas —, mas é a mesma coisa. Na Itália, também. Em todo lugar é a mesma coisa. Forte e fraco, poderoso ou não, grana, grana, grana. Não é porque é a Rússia. Essa é a vida. Minha vida, Nicholas, e sua vida também.

Talvez eu estivesse pensando no que não disse a Tatiana Vladimirovna mais cedo. Parte de mim podia tentar fingir — sim, naquela noite mais do que nunca — que eu era melhor do que realmente era. Melhor do que sou. Eu lhe disse que achava que ele estava errado. Disse que não éramos iguais. Nós tínhamos regras, tínhamos limites. Eu disse que eu não era igual.

— Não? — perguntou Paolo. — Então, me diga mais uma coisa, Sr. Cavaleiro Inglês. Esse Cossaco é como ganhamos nossos bônus, entende? Se não tem Cossaco, não tem bônus. Você tem certeza de que é diferente? Você tem certeza? Você e eu somos as moscas na bunda do Cossaco.

Houve mais. Paolo tinha um pingo de sangue amarronzado no branco amarelado dos seus olhos. Depois de um tempo, não pude mais discutir. Desviei os olhos para a janela, em direção ao domo ridículo da catedral. Adolescentes fumavam e se beijavam na neve suja em torno da estátua de algum revolucionário esquecido.

Essa foi a lição — a mesma lição, na verdade — que aprendi com Tatiana Vladimirovna: que não éramos diferentes. Eu não era diferente. Talvez fosse pior.

Ergui meu copo quase vazio e disse:

— Ao batom em um porco!

— Certo — disse Paolo. — Ao batom do porco.

Brindamos.

* * *

Elas se conheceram no metrô, me contara Tatiana Vladimirovna, exatamente como Macha e eu. Ela disse que tinha ido
ao mercado de Dorogomilovskaia comprar carpa — que, eu
me lembro de ouvi-la mencionar, ela traria viva e manteria
na sua banheira — e as garotas a ajudaram com as sacolas na
estação Kievskaia. Eu as imaginei a acompanhando pelo
saguão entre as plataformas, sob os mosaicos enganadores
que mostram a amizade russo-ucraniana. Isso aconteceu
em junho, disse Tatiana Vladimirovna, e pude imaginar
Macha e Katia em vestidos de verão e com sorrisos abertos,
encantadoras e fortes, e Tatiana Vladimirovna suando na
sua blusa de manga curta e na saia pesada demais.

Ela explicou que realmente se sentiram como família,
mesmo em pouco tempo. Mas não, falou, ela não era realmente tia delas. Eu fiquei sentado ali, apertando as mãos, e
não disse nada. Minhas mãos pareciam pertencer a outra
pessoa. Acho que elas pensaram que uma tia pareceria mais
plausível, menos incriminador, e que, se fossem cuidadosas,
poderiam impedir que isso viesse à tona.

— Não se preocupe — disse Tatiana Vladimirovna,
sorrindo —, isso não é importante. — Olhando para trás,
me pergunto se talvez ela estivesse tentando dizer "Não se
preocupe com nada disso".

191

Eu seguia à deriva para a casa dos 40. Tinha vindo à deriva para Moscou, para Macha e para isso. Significava apenas continuar à deriva, passar sobre essa mentira e conviver com ela. Não era sequer muito difícil, para dizer a verdade. Provavelmente a verdade — a verdade sobre mim, quero dizer, e até onde eu poderia ir — estava ali o tempo todo, muito perto, esperando que eu a descobrisse.

Mudei o assunto. Bebi meu chá. Disse que estava muito feliz pelo fato de o inverno estar quase no final. Disse que estávamos pensando em ir a Odessa. Quando as garotas chegaram, não dissemos uma palavra sobre o que Tatiana Vladimirovna tinha me contado. Ela, evidentemente, também escolhera esquecer o assunto. Ela nos deu bolo e chocolate. Ela assinou os documentos que precisava assinar.

Mais tarde, saquei 25 mil dólares do banco, e Macha e eu encontramos Stepan Mikhailovich em um clube de jazz vazio que ficava perto do conservatório, para lhe passar o dinheiro em uma das suas salas escuras privadas (ele se recusou teatralmente a contá-lo). Eu disse a Olga, a Tártara, que não se preocupasse em preparar os documentos para o apartamento de Butovo. Nós já tínhamos, eu lhe disse. Eu a levei ao elegante bar no hotel perto do Bolshoi, como havia prometido.

QUATORZE

Pela minha experiência, você pode inferir grosseiramente o nível de depravação de uma cidade eslava pelo tempo que decorre, depois da sua chegada, até que alguém lhe ofereça mulheres. Em Odessa, não consegui sair do aeroporto. Enquanto caminhávamos para seu carro, desde o terminal soviético de desembarque, o motorista do táxi me perguntou se eu queria conhecer algumas garotas. O fato de que eu já tinha duas garotas comigo não pareceu dissuadi-lo.

Era, eu acho, o primeiro final de semana de junho. Pouco antes de voarmos para fora de Moscou, nevou outra vez — a neve do final de maio e do "fodam-se" com a qual Deus diz aos russos que ainda não terminou seu trabalho com eles. Mas o avião dos Flintstones assava como uma *bania*. Em algum lugar muito perto da minha orelha, o gemido agudo cada vez mais alto do motor fazia uma eventual queda parecer inevitável. Do outro lado do corredor, um negociante húngaro maluco e gordo olhava para mim durante a primeira meia hora do voo e xingava em quatro ou cinco línguas, como se procurasse uma briga. Então, ele se acalmou, secou sua testa e queixou-se das mudanças na Ucrânia desde que o novo presidente assumira (talvez você o tenha visto no noticiário — o cara com um rosto destroçado por causa da tentativa russa de envená-lo). A Ucrânia, de acordo com o húngaro, já não era suficientemente corrupta.

— Seis meses atrás — disse ele choramingando — eu sabia quem, quando e quanto era preciso para cada coisa. Agora é impossível conseguir que algo seja feito.

O avião cheirava a suor e conhaque. A aeromoça parou do lado do banheiro ao fundo do avião, pronta para desligar o alarme de fumaça por uma pequena consideração. Dois russos bêbados dançavam a giga em um corredor enquanto nos preparávamos para aterrissar, e os passageiros em volta deles aplaudiram.

O calor do mar Negro no começo do verão lambeu minha pele enquanto descíamos os degraus e seguíamos pela pista rachada. Não estava propriamente quente, não ainda, mas parecia o paraíso. Tive uma antiga sensação infantil de estar fora do meu lugar, um sentimento que recordo das nossas duas ou três viagens em família para a Costa Brava — um calor vindo da desobediência perdoada por ter chegado a um lugar que não era realmente meu, por ter, de alguma maneira, conseguido escapar impune de alguma coisa.

Eu tinha escapado impune. Estava em Odessa: tecnicamente na Ucrânia, mas, para os russos, mesmo assim um nirvana de contos de fada para a devassidão e o escape. Macha e Katia caminhavam à minha frente em minivestidos e sandálias de salto alto abertas, que calçaram quando ainda estávamos no ar. Elas puxavam uma mala de rodinhas que imitava a estampa Louis Vuitton, usavam óculos de atrizes de cinema, mostravam sorrisos abertos e, eu tinha quase certeza, não vestiam calcinhas. Macha abriu uma sombrinha vermelha, que se movia em sincronia com seu bumbum.

Elas pareciam comemorar alguma coisa. Tinham quase terminado. Ou nós tínhamos quase terminado. Quando fomos para Odessa, faltavam apenas algumas visitas a um banco.

O guarda na fronteira ucraniana teve dificuldade em decifrar meu exótico passaporte. Uma velha atrás de mim na fila bateu no meu ombro e perguntou, de modo sofrido: "Você tem para pagar a ele, meu jovem?" No final, o guarda brandiu seus selos e passei pela alfândega para encontrar as garotas. Encontrei-as no saguão de desembarque, negociando com o motorista de táxi (incisivos dourados, casaco de couro usado o ano inteiro, sapatos brilhantes que pareciam pontudos o suficiente para palitar os dentes).

Estávamos caminhando para o estacionamento quando ele me perguntou:

— Você quer conhecer umas garotas?

Ri como um estrangeiro nervoso. Katia também riu.

— Você quer? — perguntou Macha, numa voz que não reconheci; irônica, mas zangada, gozadora e determinada. — Você quer conhecer umas garotas, Kolia?

* * *

Eles haviam desligado o aquecimento central em Moscou cerca de cinco semanas antes de viajarmos a Odessa, em algum momento perto do final de abril. Eu estava em casa com Macha — ela usava meu roupão e assistia a um *reality show* na TV; eu curtia uma preliminar leve no meu Black-Berry — quando escutamos o estalo dos canos de aquecimento que dizia tudo; curto, mas nítido: o tiro inicial para o verão, para a compressão urgente da vida e da luxúria nos poucos meses de calor. O grande derretimento estava em ação; a neve e o gelo caíam dos telhados como chuva baixa. Os estrangeiros sorriam uns para os outros nos restaurantes, como sobreviventes aliviados e sem fala de uma catástrofe. Havia terminado: o ir e vir entre prédios superaquecidos e as ruas geladas, o infindável vestir e tirar roupas, a maratona do inverno russo que nenhum ser humano são atravessaria voluntariamente. Parecia um milagre.

Também vivíamos um período quente, maduro, Macha e eu. Não era real, posso ver agora, talvez pudesse ver até na época. Mas, de certo modo, foi o tempo mais real, o mais honesto. Ainda era amor, embora por volta dessa época também pudesse ser chamado de vício. Eu realmente preciso contar essas coisas a você, acho. Sinto muito se elas machucam.

Nós conversamos. Ela me contou sobre os invernos da sua infância e o conflito armado entre gângsteres que tomaram sua cidade no começo dos anos 1990, os bandidos do prefeito de um lado, disse ela, e os bandidos do governador de outro. Quando um dos gângsteres era morto, ela se lembrava, seus amigos faziam uma estátua dele em tamanho real segurando suas chaves do carro, para colocar no cemitério: as pessoas chamavam as obras de "memorial às vítimas do jovem capitalismo". Ela me contou que, quando era adolescente, desejava muito ir para Moscou ou, se não Moscou, então São Petersburgo, e, não sendo isso, talvez Volgogrado, Samara ou Nijni Novgorod, algum lugar civilizado, disse, qualquer lugar onde eles tivessem empregos e *nightclubs* decentes, algum outro lugar. Eu também lhe contei coisas, histórias que nunca contei a ninguém, exceto a você, talvez. Não segredos, exatamente, eu não tinha muitos segredos na época. Mais, você sabe, sentimentos e medos — sobre meu emprego, meu futuro e sobre se acabaria sozinho.

Nós até conversamos outra vez, porém mais como um teatro ou um jogo, sobre ela um dia morar comigo na Inglaterra. Embora tivesse começado a parecer duvidoso que eu mesmo, em algum momento, conseguiria voltar: eu começara a me sentir como um daqueles colonos desesperados dos quais ouvimos falar, que ficaram tempo demais na África e não conseguiram sobreviver quando voltaram à Grã-Bretanha. Eu não tinha mais, na minha mente, um quadro de como seria a vida em Londres; sem neve, *datchas* e motoristas de táxi armênios bêbados. Eu havia perdido minha ideia de mim. Tinha a síndrome do expatriado de longo prazo, que é, talvez, acho, apenas uma versão extrema da falta de âncora que parece atordoar algumas pessoas no começo da meia-idade. Macha também estava à deriva, à sua maneira, mas ela parecia saber para onde ia.

Duas ou três vezes a encontrei depois do seu turno na loja e saímos para passear no aterro ou tomar um drinque no pub irlandês da Piatnitskaia. Uma vez, fomos olhar os ícones na galeria Tretiakov, deslizando naqueles tolos chinelos de plástico que eles fazem você usar nos museus russos, sentindo-me

197

constrangido até perceber que todo mundo também os usava. Macha sabia os nomes de todos os santos e de que cidade infeliz Ivã, o Terrível, ou seja lá quem for, saqueou os quadros, mas ela não estava realmente interessada, e eu apenas fingia. Ela parecia amorosa, pelo menos às vezes, me paparicando mais tarde e, uma ou duas vezes, vestindo minhas camisas mal passadas para me trazer café de manhã.

Graças a Olga, tínhamos quase todos os documentos do velho apartamento de Tatiana Vladimirovna. Pouco antes do Dia da Vitória, Macha, Tatiana Vladimirovna e eu fomos a uma clínica psiquiátrica pegar o último documento — uma declaração oficial de que ela estava lúcida quando concordou com o negócio (Katia estava estudando para suas provas, disse Macha, e não foi conosco). Uma *babuchka*, uma gazela linda e firme e um estrangeiro de óculos: uma combinação suspeita, imagino, para qualquer pessoa que nos notasse.

* * *

Todo sistema de transporte subterrâneo tem suas regras oficiais e não oficiais. Em Londres, no metrô, você deve ficar à direita nas escadas rolantes, deixar os passageiros do trem desembarcarem antes de entrar, nunca falar com estranhos e nunca beijar nos vagões antes do café da manhã. Em Moscou, depois da parada anterior àquela onde vai descer, você deve se levantar e ficar imóvel em frente à porta, em fila com os outros passageiros que também sairão, como soldados esperando para ir a uma batalha ou cristãos entrando em uma arena romana. Então você força sua passagem até a plataforma enquanto as vovós implacáveis abrem caminho às cotoveladas.

No dia em que fomos pegar a declaração, nos levantamos na Krasnoselskaia e descemos na Sokolniki. Do lado de fora, algumas cristas de gelo se juntavam nos esgotos, moldadas nos meios-fios dilapidados, e alguns pequenos pedaços acinzentados se prendiam à base dos postes de rua. A calçada parecia encharcada de um molho espesso e gelado. Mas as garotas tinham voltado às suas saias curtas. As ruas tinham cheiro de cerveja e revolução.

A clínica que escolhêramos ficava em um labirinto de miseráveis prédios soviéticos de sete andares. Canos grossos de aquecimento não enterrados serpenteavam entre os prédios, como naquele centro de artes em Paris, porém eram menos coloridos e protegidos com asbestos. Entramos, passamos pelas enfermeiras que fumavam no saguão e subimos dois andares de escadas até a ala de psicologia. Havia um fraco cheiro de gás e o som nítido de um gotejamento. Vimos dois pacientes em camisolas de hospital, um deles usando também um grande chapéu de palha. O psicólogo tinha um diploma emoldurado pendurado à parede, óculos como os de John Lennon e barba por fazer havia três dias. Na sua mesa, estava uma pilha de papéis soltos, um velho telefone vermelho e dois copos de plástico, um deles ao seu lado. Havia sangue no seu jaleco branco.

— Ela bebe?

— Não — respondi.

— Não — repetiu Macha.

— Doutor — disse Tatiana Vladimirovna —, eu ainda não estou morta. Posso responder as perguntas.

— Se ela beber — disse o doutor —, ainda é possível obter o atestado. Mas será um pouco mais caro. — Ele dobrou as mãos sobre a mesa e sorriu.

— Estou sóbria — comentou Tatiana Vladimirovna.

O psicólogo enrugou o nariz. Ele escreveu alguma coisa. Parecia desapontado.

— Drogas? — perguntou ele, esperançoso.

Tatiana Vladimirovna riu.

— Quem é você? — perguntou-me ele, subitamente incomodado com minúcias.

— Sou o advogado dela — respondi.

— Advogado? Entendo.

O psicólogo mexeu nos seus papéis. Passou para o teste de sanidade.

— Qual é o seu nome? — perguntou ele a Tatiana Vladimirovna, inclinando-se para a frente sobre a mesa.

— Iosif Vissarionovich Stalin — disse Tatiana Vladimirovna. Ela manteve o rosto impassível (ou talvez fosse seu rosto em interrogatórios nos velhos tempos) por tempo o suficiente para o psicólogo aumentar sua soberba, pensando que poderia ter um pretexto para aumentar sua taxa. Então, ela disse: — Isso foi uma brincadeira.

Ela deu seu nome verdadeiro, sua data de nascimento, o nome do presidente traiçoeiro e uma ou duas respostas que os lunáticos mais genuínos poderiam responder sem problemas. Pagamos 400 rublos, mais 300 rublos pelo (segundo o psicólogo) trabalho burocrático. Pegamos o atestado de sanidade de Tatiana Vladimirovna e partimos.

Depois, eu só a vi uma vez antes de viajarmos para Odessa. Dessa vez, tenho certeza da data. Era 9 de maio: o Dia da Vitória.

* * *

Eu as convidei ao meu apartamento — Macha, Katia e Tatiana Vladimirovna. Assistiríamos na televisão ao desfile dos tanques e mísseis na praça Vermelha e passearíamos pelo Bulvar até a praça Puchkin para ver os fogos de artifício comemorativos lançados acima do Kremlin.

Foi uma tarde agradável. Macha e eu servimos *blinis*, salmão defumado e todo o resto. Naquele dia, ela me deixou sentir que éramos como outros casais, como casais que recebem você para jantar e mostram quão felizes e silenciosamente eficazes podem ser juntos, quão competentemente apaixonados e quão revoltantemente à vontade são. Depois do desfile, o rádio tocou músicas patrióticas, e Tatiana Vladimirovna nos ensinou algumas danças do tempo da guerra, uma valsa, eu acho, e outra que não consigo lembrar. Primeiro, ela dançou comigo enquanto Macha batia palmas e Katia ria; a seguir, ela dançou com cada uma das garotas em turnos. Depois, empurramos a mesa de centro Ikea da minha sala para um lado do cômodo e dançamos juntos; na maior parte do tempo, eu como par de Macha, no seu leve vestido verde, e Tatiana Vladimirovna com Katia. Tatiana Vladimirovna suava, sorria e puxava Katia como se fosse uma adolescente, e, por uma ou duas vezes, soltou um grito camponês alto e estranho, um ruído que parecia vir de algum lugar no fundo da sua garganta e da sua memória ou dos seus genes.

201

Por fim, ela se curvou, ofegante, enquanto nós três caía-
mos no sofá.

— Bravo, crianças — disse ela. — Bravo. E obrigada.

Eu sempre achei um pouco enjoativa a obsessão que os
russos têm com a guerra. Mas, naquela tarde, pude ver que
a dança de Tatiana Vladimirovna nada tinha a ver com
Stálin, com a frente ocidental ou com qualquer coisa assim.
Tratava-se de amores perdidos, da juventude, de desafio e
de Ialta em 1956.

Depois da dança, Macha pegou os documentos.

— Tatiana Vladimirovna — disse ela —, eu quero que
você saiba. Kolia reuniu todos os papéis para sua nova casa
em Butovo. A certidão de propriedade, a certidão técnica,
tudo necessário para provar que a venda será dentro das
leis e sem nenhum problema. Aqui. — Ela ergueu e abriu
um feixe de papéis como uma duquesa de São Petersburgo
abriria um leque. — E também temos todos os documentos
para seu apartamento, que Stepan Mikhailovich precisará
ver. — Ela ergueu o fichário em que Olga, a Tártara, reunira
os papéis, que eu lhe entregara mais cedo.

— Mostre os papéis a ela, Kolia — falou Katya, sorrindo.

— Sim, por favor, Nikolai — pediu Tatiana Vladimirovna.
— Tenho certeza de que todos estão em ordem, mas eu gostaria que você explicasse. Então, ficarei completamente segura.

— Aqui, Kolia — disse Macha, entendendo-me seu leque
de papéis e o fichário.

Na Rússia, ainda não foi inventado um documento que
você não possa comprar. Na Paveletskaia, na passagem subterrânea que leva do metrô até a torre idiota onde eu trabalhava,

você pode comprar diplomas universitários, aprovações em programas de residência e certificados declarando que você é um neurocirurgião qualificado. Às vezes, os documentos falsos são, na realidade, verdadeiros, no sentido de que são feitos por funcionários corruptos de universidades, do gabinete do prefeito ou da administração do Kremlin (os anos 1990 deixaram um ativo mercado de documentos a serem preenchidos, entre os quais contratos com datas antigas que podem ser arranjados com marcas d'água da época). Alguns deles são obviamente forjados. Não sei onde Macha conseguiu os documentos de Butovo, que vi pela primeira vez naquela tarde. Eram suficientemente convincentes, com todas as insígnias certas e uma fileira de selos plausíveis. Havia, talvez, algo engraçado sobre as assinaturas e a sombra que a fotocopiadora às vezes deixa em um ou dois cantos esmaecidos, mas nada óbvio demais ou alarmante.

Coloquei a papelada sobre a mesa da minha cozinha e me sentei com Tatiana Vladimirovna. Examinamos, primeiro, os documentos do seu antigo apartamento. Depois eu lhe mostrei aquele que listava as amenidades do prédio em Butovo e aquele afirmando que ninguém mais estava registrado para viver no apartamento que supostamente seria seu. E aquele que identificava Stepan Mikhailovich como o legítimo proprietário atual.

Era uma bela tarde e teria sido uma vergonha desperdiçá-la. Viajaríamos para Odessa e teria sido uma pena desperdiçar isso também. Seria complicado voltar atrás do ponto onde estávamos. Mas a realidade era pior e mais simples que qualquer dessas explicações. Não foi praticamente nada, preciso dizer a você, explicar aqueles documentos a Tatiana Vladimirovna no Dia da Vitória. Pareceu algo inevitável, quase natural. Sei o que parece, mas não há nada que eu possa dizer.

— Excelente — disse ela quando passamos por todos os documentos. — Nikolai, você é como um anjo.

— Sim — concordou Macha —, Kolia é nosso anjo. — Ela passou a mão pelo meu cabelo, muito levemente, só uma vez.

— Não foi nada — falei.

— Vamos — disse Katia, levantando-se e espreguiçando-se. — Logo será hora dos fogos de artifício

* * *

Encontramos Oleg Nikolaevich quando saíamos do prédio naquela noite. Pegamos o elevador e passamos por seu andar, mas ele estava chegando ao prédio pela porta principal quando a abrimos. Usava seu terno preto e uma camisa branca engomada, como se tocasse jazz ou fosse um agente funerário, e carregava uma pasta que, eu tinha quase certeza, estava vazia. Macha e Katia estavam atrás de mim e Tatiana Vladimirovna, atrás delas.

Eu o parabenizei pela grande vitória do seu país, como fazem os russos no Dia da Vitória. Ele também me cumprimentou pela vitória da Grã-Bretanha. "Glória ao seu avô!", disse ele. Eu havia lhe contado certa vez, quando conversávamos mais, sobre os comboios e as conexões russas da minha família.

— Oleg Nikolaevich — falei —, deixe-me apresentar minhas amigas, Macha e Katia.

— Sim, sim — falou ele, como se as reconhecesse. — Suas amigas.

— Feliz Dia da Vitória! — disse Katia, e riu. Eles eram como membros de diferentes civilizações, desconfiados, que apenas coincidentemente falavam a mesma língua.

— Sim — agradeceu Oleg Nikolaevich. — E para vocês também, garotas.

— Então — disse Macha —, é hora de irmos. Com licença, por favor.

Oleg Nikolaevich apertou o corpo contra a parede para as garotas passarem. Elas passaram quase roçando nele e saíram.

— Todas as coisas boas — disse ele, baixinho.

Tatiana Vladimirovna ainda estava dentro do prédio, esperando perto de mim. Não consegui pensar em como explicar quem era ela, portanto disse apenas seu nome.

— É um prazer conhecê-la — falou Oleg Nikolaevich.

— Para mim também — disse Tatiana Vladimirovna.

Vi a cautela em ambos os olhares, senti que avaliavam um ao outro quanto à formação, educação, quantidade de sangue lavado das suas mãos ou das mãos das suas famílias — o tipo de cálculo épico e instantâneo entre os russos mais velhos, um pouco como o povo inglês mede os sapatos, sotaques e cortes de cabelo uns dos outros. Então, seus olhos se suavizaram, seus ombros relaxaram e as guardas foram baixadas.

— E minhas congratulações também, Tatiana Vladimirovna — disse Oleg Nikolaevich.

— Sessenta anos — falou Tatiana Vladimirovna. — São mesmo sessenta?

— Mais ou menos — disse ele.

Suponho que ela devia ser seis ou sete anos mais velha do que ele, mas haviam passado por tudo — a guerra, Stálin, todo o pesadelo russo. Tinham idade suficiente para terem acreditado em alguma coisa, mesmo que a coisa em que acreditaram tivesse se mostrado uma fraude. Os mais jovens, a maioria deles, não tiveram no que acreditar, mesmo que desejassem. Nem no comunismo, nem em Deus. Até a lembrança de Deus tinha sido esquecida.

— Nós fomos a Kazan — disse Oleg Nikolaevich, subitamente. — No Volga. Meu pai era técnico em um laboratório de física. Ficamos longe de Moscou por dois anos.

— Leningrado — comentou Tatiana Vladimirovna, apenas o nome da cidade, nada mais.

Oleg Nikolaevich assentiu.

Passávamos pela porta quando ele disse:

— Um minuto, Nikolai Ivanovich. Um minuto a sós, por favor.

Tatiana Vladimirovna saiu na penumbra quase morna para se juntar às garotas enquanto continuamos na soleira da porta. As mulheres estavam a poucos metros de nós. Acho que poderiam ter nos escutado se tivessem se esforçado e quisessem.

Oleg Nikolaevich disse:

— Eles estão instalando uma *jacuzzi*.

— Onde?

— No apartamento de Konstantin Andreievich. Alguém se mudou para lá.

Eu não pensava no amigo de Oleg Nikolaevich havia um longo tempo e, para falar a verdade, não me importava muito com isso.

— Quem?

— Não sei. Não sei. Uma mulher que conheço, que mora no prédio, me contou. Ela viu.

— O quê?

— A *jacuzzi*.

Ele esperou uma resposta, mas eu nada tinha a dizer sobre uma banheira ou sobre seu amigo. Acho que provavelmente ele só precisava contar a alguém. Tenho certeza de que sabia que era tarde demais para esperar uma ajuda minha àquela altura. Exatamente como era tarde demais para que sua opinião fizesse alguma diferença para mim e para as garotas.

Para pôr fim ao silêncio, eu lhe disse que iria a Odessa por alguns dias no começo de junho.

Oleg Nikolaevich fitou-me nos olhos e, depois, por um momento, olhou em direção a Macha e Katia em seus vestidos com alcinhas. Quando falou, parecia se dirigir a um ponto em algum lugar na minha clavícula.

— Convide um porco para o jantar — disse ele —, e ele colocará os pés na mesa.

* * *

Assistimos aos fogos de artifício na praça Puchkin; Tatiana Vladimirovna em pé entre mim e Macha, braços entrelaçados. Ela gostava de ficar perto de namorados, eu acho, mesmo que o amor não fosse para ela. Katia tinha um pacote de velinhas, daquelas que faíscam estrelinhas, que nos passou e que agitamos uns para os outros. Quando o barulho começou, olhamos o céu sobre o Kremlim e dissemos "oooh" e "urrá".

— Divirtam-se, crianças — disse Tatiana Vladimirovna quando nos desejou boa-noite, atirou beijinhos para todos e piscou para mim.

* * *

Tirei outro dia de folga e voamos para Odessa em uma manhã de sexta-feira. No final, o lugar na praia furou, se é que realmente existiu, e ficamos em um hotel. Naturalmente, eu paguei e, em troca, pude encenar toda a rotina de figurão, fazendo o *check-in* com as duas garotas e aparecendo com elas no café da manhã. O hotel ficava em uma agradável avenida preguiçosa, cheia de árvores florescendo e de estátuas de pessoas locais mortas na grandiosa escadaria antiga, que chegava até a beira-mar. O hotel tinha uma escada de madeira nobre, um restaurante que em algum momento deve ter se sentido como o Ritz e uma vista bonita do sol do começo do verão se banhando no mar escuro como petróleo. Contar a você dessa forma traz tudo a mim novamente.

Escolhemos um quarto e meio — um grande quarto de casal com uma cama de criança no anexo e um único banheiro. Katia saiu imediatamente para passear e flertar. Eu admito que pedi a Macha para tirar o vestido, abrir a porta do guarda-roupa e ficar em pé em frente ao espelho, como na foto que me mostrou, quando nos conhecemos. Mas agora eu estava sentado atrás dela, olhando suas costas à minha frente e sua frente no espelho, e eu, no espelho, com ela. Nossos olhos se encontraram em um algum ponto da porta do guarda-roupa, com nossas imagens próximas no espelho, mas nossos eus verdadeiros se separando, já bem distantes.

Fiquei sentado; ela ficou em pé, como estava; apenas nossos olhos se falavam, até que Macha me disse, através do espelho, com a mesma voz violenta que saíra dela no aeroporto:

— É o suficiente, Kolia? — Em Odessa, ela foi atenta, pontual e cortês com as necessidades que já conhecia. Mas era como se ela não estivesse realmente ali ou, talvez, como se eu já não estivesse ali, dentro da sua cabeça, e, talvez porque eu já não estivesse ali, ela podia se dar o luxo de ser generosa comigo.

Vestimo-nos. No alto da escadaria que saía da avenida sombreada para o mar, encontramos um crocodilo anão, uma coruja careca e um macaco nervoso esperando para tirarem fotos com turistas sugestionáveis. Estava quente ao sol, mas quase frio na sombra. As cafeterias de Odessa se preparavam para a estação, abrindo seus guarda-sóis e desenrolando os toldos como se fossem animais se alongando depois do período de hibernação. Americanos tímidos conversavam, desajeitados, sobre os cardápios, com as noivas que arranjaram pela internet e que voaram para conhecer. Duas garotas circulavam com botas de borracha até a altura dos joelhos e suspensórios, distribuindo folhetos de um clube de *striptease*. Eu estava errado, talvez, em pensar que a religião delas estava morrendo, dessas vistosas pecadoras eslavas. Para ser imoral assim, talvez você precise ter uma religião em algum lugar — alguns deuses decrépitos se assomando no fundo da sua mente, deuses que você está determinado a desafiar.

No meio da tarde, pegamos um táxi até uma praia.

— Como foram suas provas? — perguntei a Katia.

— Quais provas?

— Suas provas na MGU.

— Sim — disse ela. — As provas. Foram excelentes.

Estávamos sentados em uma pequena cafeteria de bambu ao lado da praia. Adolescentes esbeltos se arremessavam na água fria do mar por meio de um tobogã frouxo que ficava no final de um píer parcialmente quebrado. A distância, a areia parecia do tipo que uma vez eu vi em uma praia vulcânica em Tenerife (muito tempo atrás, antes de você, antes da Rússia). Examinando mais de perto, parecia, sobretudo, cinzas de cigarros. Katia usava um vestido transparente e um biquíni vermelho. Macha girava sua sombrinha. Eu não conseguia ver seus olhos atrás dos óculos escuros.

— Quais matérias você fez, Katia?

— Negócio... economia... e muitas outras. — Ela sorriu. — Sou uma aluna muito boa.

— A primeira da classe — disse Macha, e elas riram. Eu ri também.

O caminho de concreto atrás da praia cheirava a urina, mas, de alguma maneira, não demasiadamente desagradável. Um velho armava um jogo de punchball, e uma mulher velha e fúnebre se ofereceu para nos pesar em um grupo de balanças antiquadas. Havia um monte de cachorros cochilando. Parecia quase não haver o que esconder agora. Elas não eram irmãs. Tatiana Vladimirovna não era tia delas. Katia trabalhava como garçonete no restaurante uzbeque. Tudo estava vindo à tona.

Sentamo-nos na praia (Macha e Katia estenderam sacos plásticos sob elas para protegerem as roupas). Combinamos que voltaríamos à noite a uns dos *nightclubs* à beira-mar pelos quais passamos. Compramos três sorvetes de uma mulher que achei parecida com Tatiana Vladimirovna e os lambemos em silêncio.

Descobri sobre Serioja no hotel, quando nos arrumávamos para sair outra vez.

* * *

Macha se retirou para o banheiro e trancou a porta. As torneiras corriam. Katia adormeceu. Eu podia vê-la deitada de bruços pela porta do seu quarto, com os braços estirados ao lado do corpo como um cadáver. Depois de 15 minutos, bati na porta e perguntei a Macha se estava tudo bem e, depois de uma longa pausa, ela disse "*da*", arrancando a palavra de si com uma voz vinda de algum lugar entre um orgasmo e um estertor. Liguei a televisão: achei um concurso de levantadores de peso, anúncios leves para salas de bate-papo italianas, uma rixa entre homens vestindo ternos justos e tentando esganar uns aos outros no que eu acho que era o parlamento ucraniano, e uma estranha cerimônia militar transmitida ao vivo desde o Turcomenistão, envolvendo uma banda de música e alguns camelos. Desliguei. De algum lugar atrás do hotel, escutei o que, de forma amadora, pensei que fossem dois tiros. Então vi a bolsa de Macha, com detalhes cor-de-rosa, sobre o criado-mudo perto da cama, peguei-a e olhei o que havia ali dentro.

Macha tinha dois passaportes, o internacional e um interno, que os russos precisam levar consigo. É por isso que tenho certeza do seu sobrenome. Mais tarde, percebi que poderia ter encontrado e anotado seu endereço. Talvez devesse ter feito isso, mas estava com pressa e fui descuidado e não o fiz. Havia um cartão de uma academia de ginástica e outro, para um *nightclub* no distrito de Taganka do qual eu nunca ouvira falar. Havia um cartão de descontos para uma loja de acessórios em Novi Arbat, três selos em um cartão de fidelidade do tipo "compre seis e ganhe um" de uma cafeteria na praça Puchkin, um bilhete de metrô, cerca de 2 mil rublos e 50 dólares. Achei um pedaço de papel com seu número de telefone, algo que todos os moscovitas práticos carregam para que qualquer um que roube sua bolsa possa fazer com que sua avó revenda ao dono original, alguns dias depois, os documentos de identidade. Tinha uma foto.

Ele pareceu inocente demais, o garotinho na foto. A imagem era em preto e branco, no tamanho das fotografias para passaporte, mas dava pra perceber um topete louro no estilo Tintim e o cabelo cacheado saindo da boina de inverno amarrada sob seu queixo. Eu não podia ter certeza — os estágios mensais e as realizações bonitinhas que deixam os pais tão encantados sempre foram incompreensíveis para mim —, mas suponho que ele tinha cerca de um ano. Via-se apenas sua metade superior, mas ele parecia usar uma miniatura de roupa de marinheiro. Estava meio virado para a câmera, meio olhando para a mulher em cujo colo estava sentado. Era Macha.

Virei a foto. Alguém havia escrito "Com Serioja" e uma data. Era cerca de cinco ou seis meses antes que eu a conhecesse. Calculei que na época de Odessa ele devia ter uns dois anos, aquele garotinho. Devolvi a foto à bolsa e essa, ao lugar onde a peguei.

* * *

Ambas vestiam macacões colantes naquela noite — o de Macha, azul-escuro; o de Katia, roxo, eu acho — e muita maquiagem. Jantamos em um bufê ucraniano. Enchi meu prato com bolinhos de carne, mas não comi quase nada; só sentei ali e pensei: *Quem é Serioja? Quem é Serioja? Quem é Serioja?* Elas conversaram sobre aonde iriam durante as férias, se tivessem dinheiro (as Maldivas, Seychelles, Harrods). Depois, tomamos uma piña colada em um bar lotado e seguimos de táxi para um *nightclub* na praia. Ramsés, acho que se chamava, ou Faraó.

Era o primeiro final de semana da estação, cedo, talvez dez e meia da noite, e frio. O lugar estava meio vazio. Havia um palco se afogando em gelo seco, uma pista de dança despojada e, ao redor, mesas nas laterais das três pirâmides egípcias de plástico. Sentamos e esperamos que alguma coisa acontecesse, sem nos incomodar em tentar conversar sobre a música techno. Devagar, depois subitamente, como tende a acontecer nas festas e em *nightclubs*, o lugar encheu. Macha e Katia foram dançar. Segui para o bar e fiquei sozinho, observando e bebendo.

Além de mais ou menos uma dúzia de figurantes vestidos de gângsteres, com casacos pretos "tremam de medo", pescoços que pareciam troncos e cortes de cabelo de prisioneiros no corredor da morte, eu era a pessoa mais velha ali, pelo menos uns 15 anos. As mulheres de pernas longas de Odessa me olhavam, em seus jeans e blusas de festa, como se eu fosse vulgar ou um mendigo. Houve um show de *striptease* — um balé nu, bizarro, encenado por um brutamontes imóvel e duas mulheres dentuças de seios flácidos decepcionantes. Os espectadores, irônicos, aplaudiram e gritaram.

Quando as *strippers* recolheram suas roupas e se mandaram, escalei uma pirâmide e procurei as garotas na pista de dança. Aquela noite não está totalmente clara na minha mente, mas, nas minhas lembranças indistintas, me esforcei para chegar até o lugar onde estavam, em um canto do palco, me desculpando, sem ser escutado, aos donos dos pés em que pisei, com meus óculos molhados e meus ouvidos latejando. Elas tinham se juntado a outra garota e a um rapaz, eu me lembro, mas os estranhos se retiraram para a selva de membros quando me viram chegar.

De frente para Macha, agarrei os lados da sua cabeça para mantê-la quieta e gritei tão alto quanto pude:

— Quem é Serioja?

— O quê? — Seu rosto tinha parado de dançar, mas seu corpo tentava continuar.

— Quem é Serioja, Masha?

— Agora não, Kolia.

— Serioja é seu filho, Macha?

— Não essa noite, Kolia.

— Ele está com sua mãe? Sua mãe ficou mesmo doente quando você era jovem? Você tem mãe, Macha?

— Não essa noite. Essa noite é para você, Kolia. Vamos dançar, Kolia.

Seu corpo começou outra vez. Eu ainda segurava sua cabeça, mas ela passou uma das mãos à minha volta, procurando Katia, e então senti os braços de Katya passando sobre meus ombros, seus dedos encontrando os meus na parte de trás da cabeça de Macha, sua respiração na minha nuca e seu peito firme pressionando o meio das minhas costas.

Metade de mim estava cheia de piña colada, e a outra metade estava bêbada de compreensão. Deixei Katia puxar minhas mãos, parei de gritar com Macha e me balancei nos usuais movimentos escolares de discotecas. Certamente parecíamos uma fantasia masculina cafona.

Mas o negócio em relação a Odessa, ainda mais que em relação a Moscou, era que sob a luz certa, com a lubrificação certa, você pode, de alguma maneira, fazer as coisas parecerem melhores do que realmente são. Você pode fazer as coisas serem o que você quiser que sejam. As pessoas vivem assim, e você também pode. Foi o que fiz naquela última longa noite. O gelo seco clareou e vi o bruxuleio do mar Negro além do palco do *nightclub* e a crista das ondas vindo ao nosso encontro à luz da lua. Pareceu-me que eu podia dançar, dançar como os corpos se contorcendo nas mesas, subindo nos pódios para que o mundo visse como eram jovens e bonitos tal qual o jovem verão. Parecia que os gângsteres não queriam fazer mal a ninguém e que Macha poderia estar sendo sincera quando me beijou. A pirâmide parecia uma pirâmide, a fantasia tinha o aroma da felicidade e a noite parecia ser a liberdade.

* * *

Estávamos na cama por cerca de uma hora apenas quando a luz navegou pela água, através das árvores e entre as cortinas do nosso hotel. Procurei sinais, pistas e marcas de estrias nos quadris e na barriga adormecida de Macha, mas não pude encontrá-los.

QUINZE

Era realmente verão quando voltamos de Odessa. A primavera tem pressa em Moscou, parecendo passar quase por uma noite ou enquanto você está assistindo a um filme: você acorda ou sai do cinema em direção ao ar quente para descobrir que ele esteve aqui e passou. Eu podia sentir o sabor dos hormônios e da energia. Alguma coisa precisava acontecer com aquela energia, alguém precisava fazer alguma coisa com ela.

Poucos dias depois que voltamos para casa — um ou dois dias antes da data que fixáramos para assinar o contrato dos apartamentos —, Macha e eu visitamos Tatiana Vladimirovna outra vez. Ela nos encontrou na porta, nos expulsou e, juntos, saímos para uma caminhada em torno do lago descongelado. Nós lhe demos outro pequeno presente, um ímã de geladeira com o desenho da ópera de Odessa e, ao lado, a cabeça orgulhosa da czarina. Ela o ergueu até perto dos olhos e depois o colocou dentro do bolso do seu acanhado casaco de primavera azul-marinho. Disse que adoraria voltar ao mar Negro algum dia.

— Você voltará — falei.

— Talvez — disse ela.

Depois disso, Macha lhe contou que havia um problema com os apartamentos. Na verdade, havia dois problemas. O primeiro, que, segundo Macha, eu tinha identificado, era que se Tatiana Vladimirovna trocasse o apartamento dela pelo novo, como combinaram, ela poderia precisar pagar centenas de milhares de rublos em taxas de propriedade. As autoridades, disse Macha, calculariam o que o novo apartamento vale e adicionariam a essa soma os 50 mil dólares para determinarem o valor nominal da sua antiga casa. O total estaria acima do piso para a cobrança de taxas de propriedade. Assim, Tatiana Vladimirovna poderia perder os 50 mil dólares e talvez ainda precisasse pagar mais.

— Isso está certo, Nikolai? — perguntou-me Tatiana Vladimirovna.

Não sei por que ela confiava tanto em mim. Macha me olhava no olho, sem piscar, encorajar ou assentir levemente, apenas sabendo o que, àquela altura, eu estava pronto para dizer e fazer.

— É verdade — respondi com minha melhor voz de advogado, embora fosse a primeira vez que eu escutava aquilo. Conferi mais tarde: não era verdade. Mas parecia.

Havia uma solução, explicou Macha. Eles poderiam fazer dois contratos separados: um para a venda do apartamento de Tatiana Vladimirovna perto do lago, por apenas 50 mil dólares, e outro para a compra do novo apartamento em Butovo. No segundo contrato, eles colocariam um preço razoável para a compra do lugar em Butovo, um número alto o suficiente para que as autoridades não pensem que é uma fraude. Mas o número não seria importante, porque Tatiana Vladimirovna, na verdade, não precisaria pagá-lo.

— Dois contratos — disse Tatiana Vladimirovna. — Entendo. Quanto tempo levará até assinarmos o segundo contrato, sobre meu novo apartamento?

— Será em breve — respondeu Macha. — Muito em breve.

Tatiana Vladimirovna parou de caminhar e olhou seus sapatos por um segundo. Balançou os ombros e disse:

— Está bem.

O segundo problema, disse Macha, era que Stepan Mikhailovich telefonou para dizer que o apartamento em Butovo estava quase pronto, mas não completamente. Ficaria pronto em uma ou duas semanas, ele prometeu; três semanas, no máximo. Mas Macha sugeriu que, de qualquer maneira, Tatiana Vladimirovna fosse em frente em relação à venda do seu apartamento — ela deveria assinar os documentos e pegar o dinheiro. Disse que já tínhamos marcado uma reunião no banco onde o dinheiro seria contado e precisaríamos pagar por isso, mesmo se adiássemos o negócio. (Naquela época, vendas de propriedades, como todas as transações importantes na Rússia — compra de juízes, subornos de fiscais —, eram feitas sempre e somente em dinheiro vivo.)

— Precisamos pagar para isso?

— Sim, Tatiana Vladimirovna — falei.

No entanto, prosseguiu Macha, Tatiana Vladimirovna poderia morar no apartamento perto do lago até que a casa em Butovo ficasse pronta. Faltava apenas a cozinha, disse ela; Stepan Mikhailovich estava colocando a bancada e a máquina de lavar louças e, então, terminaria. A única coisa que Tatiana Vladimirovna precisaria fazer era tirar seu nome do registro de moradores do seu antigo prédio — isto é, comunicar às autoridades que não morava mais ali. Ela não moraria em lugar nenhum. Macha disse tudo isso sem pressa e sem gaguejar, sem nervosismo óbvio ou emoção. Ela era impressionante.

— Máquina de lavar louças! — disse Tatiana Vladimirovna e riu. Então, parou; uma longa pausa durante a qual me preocupei com que ela desse seu consentimento, mas, admito, me preocupei mais com que não desse. Lembro de ter olhado para o chão e pensado em como a calçada à volta do lago estava milagrosamente seca. As árvores pareciam vivas outra vez, quase verde puro, e um barulho vinha do restaurante em formato de tenda do outro lado da água. Os animais mágicos rastejando e se precipitando pela parede do prédio oposto ao de Tatiana Vladimirovna brilhavam como se tivessem se arrumado para o verão.

Por fim, Tatiana Vladimirovna disse:

— Está bem. Vamos nos encontrar no banco.

E nós três continuamos a caminhar.

* * *

O Zhiguli havia emergido do seu casulo de neve na minha rua. Tinha uma rachadura no para-brisas, porém parecia mais limpo que antes, como se suas manchas tivessem sido lavadas pelo inverno. Quando passei pelo prédio onde o amigo de Oleg Nikolaevich morou, ou costumava morar, vi que uma equipe de trabalhadores tadjiques carregava pela escada carrinhos de mão cheios de areia, feixes de compensado e tonéis de tinta. A cafeteria de verão na esquina do Bulvar tinha escancarado suas persianas para que o ar suave entrasse. Os choupos que algum planejador soviético genial plantou por toda a cidade estavam no cio, lançando suas sementes brancas e peludas — uma praga benigna que aparece em junho, que os moscovitas chamam de "neve de verão", que gruda no seu cabelo e às vezes na sua garganta e se junta nas sarjetas em montes que os adolescentes bêbados queimam.

O banco que usamos para assinar o contrato final e contar o dinheiro ficava perto do apartamento de Tatiana Vladimirovna, numa parte de Moscou conhecida como Kitai Gorod, China Town. Ao lado, havia uma galeria de jogos, eu me lembro, e, do lado oposto, uma loja que vendia DVDs com desconto. Eu estava atrasado. Foi durante a semana, uma segunda-feira acho, e estávamos ocupados no escritório com mais um novo empréstimo. O dinheiro ainda entrava em Moscou como cascata, mesmo depois do que o Kremlin fez com aquele presunçoso magnata do petróleo, seu infeliz advogado e seus lívidos sócios minoritários. Quando cheguei, eles estavam na calçada em frente ao banco; Macha e Katia em terninhos que eu nunca vira (justos nos quadris), Stepan Mikhailovich com seu rabo de rato e um casaco que lembrava vagamente tweed, Tatiana Vladimirovna usando uma comprida saia xadrez e uma blusa marrom. Entramos e passamos por uma fileira de contadores abatidos atrás dos seus vidros fortificados e uma porta com código de segurança até uma espécie de sala de reuniões, com janelas altas até quase perto do teto, como em uma prisão, e água tépida em uma garrafa feita para servir vinho, colocada sobre a mesa.

Havia dois funcionários do banco à nossa espera: um para contra-assinar os documentos que seriam enviados ao cartório de registros de propriedades, outro para contar o dinheiro que Stepan Mikhailovich trouxe em uma pasta de couro puída. (Eu nunca soube de onde vieram os outros 25 mil dólares.) No canto mais distante da sala, havia uma passagem e, atravessando-a, havia uma daquelas grades de segurança deslizantes, feitas de metal, que vemos nas portas das lojas quando elas estão fechadas para a noite. Eles abriram a grade e seguimos em fila única por uma passagem e descemos uma escada de metal em caracol — os funcionários do banco, Stepan Mikhailovich, Tatiana Vladimirovna, e eu, como seu representante legal —, silenciosa exceto por nossos passos e por algumas arfadas da velha dama. Ela estava à minha frente e, quando alguém fechou a grade atrás de nós, fazendo-a ranger pela soleira e passando o ferrolho, eu vi sua cabeça se virar parcialmente em algum espasmo soviético automático.

A sala embaixo não tinha ar nem janelas; era uma implacável caixa-forte com uma pequena mesa de madeira no centro, do tipo em que você e eu fizemos provas de escola, e uma lâmpada solitária que pendia sobre ela. As paredes eram tomadas por caixas para depósitos de segurança. A mulher que trabalhava no banco, cuja junção era contar o dinheiro — roliça, meia-idade, armênia, eu acho, e amigável de um jeito exausto —, sentou-se na única cadeira. Stepan Mikhailovich tirou o dinheiro da pasta, 50 mil dólares em milhares de notas de rublos, e entregou-o a ela para que o examinasse. Nós ficamos em volta dela, respirando fortemente, enquanto ela abria as notas sob a lâmpada fluorescente. Ela as olhou por um monóculo como os que os negociantes de diamantes usam e, depois, passou o dinheiro em pilhas por uma máquina barulhenta que o contava. Dividiu as notas em três pilhas, envolveu-as com uma fita elástica e colocou-as em uma caixa de depósito cinza. Ela preencheu um formulário e, por fim, enfiou a caixa em um entalhe na parede.

Arfamos pela escada acima. Tatiana Vladimirovna sentou-se à mesa com Stepan Mikhailovich. Fiquei em pé contra a parede, entre Macha e Katia. Tatiana Vladimirovna assinou o novo acordo de venda que pedi a Olga, a Tártara, para redigir com urgência: apenas o apartamento dela, por 50 mil dólares. Ela o assinou rapidamente, sem ler o documento, e se virou na nossa direção com um sorriso. Uma cópia do acordo seria enviada para o escritório de registros de propriedade, explicou o pessoal do banco. Quando, em uma ou duas semanas, eles estimavam, o escritório enviasse o certificado declarando que Stepan Mikhailovich era agora o proprietário do lugar, ele receberia as duplicatas das chaves da propriedade, que estariam aos cuidados do banco, e Tatiana Vladimirovna poderia pegar o dinheiro.

— Parabéns! — exclamou Macha.

— *Oi*, Tatiana Vladimirovna — disse Katia e se debruçou para abraçá-la por trás, pois estava sentada à mesa.

— Parabéns! — falei.

— Obrigado — disse Stepan Mikhailovich.

— Máquina de lavar louça! — lembrou Tatiana Vladi-mirovna e riu.

* * *

Viacheslav Alexandrovich, o supervisor, desapareceu outra vez naquela época. O empréstimo fora totalmente desembolsado, mas ele deveria confirmar que todos os termos e os prazos estavam sendo observados — em particular, que o terminal entregaria seu primeiro petróleo naquele verão e que, assim, a empresa se encaminhava para cumprir o cronograma de pagamentos. Mas seu telefone estava desligado e havia uma mensagem misteriosa como resposta automática no seu e-mail, dizendo que ele lamentava profundamente e que por favor o desculpassem, mas poderia se passar um bom tempo antes que ele pudesse responder. O Cossaco também ficou, de repente, incomunicável. Sergei Borisovich foi várias vezes ao edifício oposto ao Kremlin onde tivemos nossa última reunião com ele. Descobriu que o lugar pertencia a uma empresa que comercializava petróleo, de propriedade de um assassino uzbeque obeso. Eles disseram a Sergei Borisovich que nunca ouviram falar do Cossaco e o escoltaram até a saída. Quando entramos em contato com a Narodneft, eles nos lembraram, por escrito, que não tinham responsabilidade legal por nenhum compromisso assumido pela *joint venture*. Paolo disse que ainda não havia razão para incomodar os bancos, mas eu podia ver que ele estava estressado: tinha círculos escuros sob os olhos e começara a praguejar em italiano. Referia-se ao Cossaco como "o amigo de Nicholas". As pessoas o evitavam no escritório e observavam, nervosas, os números vermelhos passarem acima da porta do elevador, desejando que seu andar chegasse logo caso estivessem presas ali dentro com ele.

Não pude me afastar do trabalho no dia em que o certificado chegou, portanto eu não estava lá para ver Tatiana Vladimirovna caminhando com seu gingado, como imaginei, carregando rublos equivalentes a 50 mil dólares em uma sacola de plástico em direção ao apartamento onde vivera por quarenta anos e onde esperava ficar por mais algumas semanas. No entanto, isso definitivamente aconteceria cerca de dez dias mais tarde, em meados de junho, quando os dias são mais longos e o inverno parece um sonho. Eles não poderiam mexer nessa parte. O banco era o responsável, e as pessoas somente entregariam o dinheiro a ela. Então, ela deve tê-lo recebido, ao menos inicialmente.

Mas, antes que eu a deixasse, no dia em que contaram as notas no cofre, Tatiana Vladimirovna nos convidou ao apartamento dela pela última vez. Ficava a apenas uma curta caminhada desde o banco. Suas caixas estavam devidamente empilhadas no corredor. Os móveis pareciam nus e envergonhados. Os pratos e diplomas tinham sido retirados da parede. Havia um buquê de flores na pia da cozinha, que Tatiana Vladimirovna disse que seus colegas no museu lhe deram junto com um novo rádio quando ela deixou o trabalho, no final da semana anterior.

Ela também me deu um presente. Disse que tinha coisas demais, que não sabia se teria espaço para todas elas em

Butovo e que utilidade teria para coisas assim? Ela queria que eu tivesse uma lembrança da nossa amizade. Era sua foto dentro da enorme roda para hamster, tirada quando ainda tinha quatro décadas de mentiras comunistas e escassez à sua frente, antes de uma década de esperança, mais mentiras e escassez e, finalmente, Macha, Katia e eu. Tentei não ficar com a foto, mas ela insistiu. Acho que você a viu uma vez, em uma gaveta, me perguntou quem era a pessoa e eu resmunguei alguma coisa sobre uma lembrança, mas não respondi realmente. De tudo o que eu tenho — não muito, confesso, para um homem com minha idade e minha conta bancária —, aquela foto de Tatiana Vladimirovna em sua juventude em preto e branco é a coisa que eu perderia com mais alegria, a posse da qual eu mais gostaria de escapar, mas, de alguma forma, não consigo.

DEZESSEIS

Como eu disse, foi o cheiro.

As flores voltaram aos seus canteiros no meio do Bulvar, em regimentos vistosos de amores-perfeitos e de tulipas. De acordo com uma cláusula secreta da constituição russa, metade das mulheres abaixo dos 40 anos passou a se vestir como prostitutas. O calor e as emanações do petróleo criavam um efeito de uma miragem nebulosa sobre os cassinos da Novi Arbat quando você olhava em direção ao rio e ao hotel Ukraina. Era meados de junho, e Konstantin Andreievich começara a feder.

Eu saía do meu apartamento no começo da noite, a caminho, eu me lembro, de um encontro com Steve Walsh na lanchonete americana perto da praça Maiakovskaia. Quando desci as escadas até o piso de Oleg Nikolaevich, encontrei George sentado no tapete da porta principal. Ele era um gato branco velho e artrítico, com orelhas rosadas e desconcertantes olhos rosados, gordo como se estivesse grávido, mas com um longo rabo fino como um osso. Ele fitava a parede como se sofresse de um estresse pós-traumático. Eu me curvei sobre ele e toquei a campainha de Oleg Nikolaevich mais de uma vez, porém não houve resposta. Os olhos cor-de-rosa e vazios de George encontraram os meus. Deixei-o ali e desci as escadas até a porta da frente e o ar aromático da noite.

Eu vi Oleg Nikolaevich primeiro. Seu rosto estava virado para o outro lado, mas eu podia ver que era ele, em pé ali, vestindo um terno amarrotado, com a cabeça abaixada como se estivesse rezando ou chorando. Havia outras pessoas em volta, se mexendo e falando, mas ele estava em pé perfeitamente quieto e só, e ninguém falava com ele.

Pelo caminho em que eu vinha, a multidão bloqueava minha visão. Mas captei o cheiro imediatamente — o cheiro de fruta apodrecendo que revelou Konstantin Andreievich. À distância de cerca de 10 metros, vi o pé.

Havia apenas um, para fora do porta-malas do Zhiguli laranja, pendurado sobre os números borrados da placa. O pé ainda estava calçado, eu me lembro. Acima do sapato, havia uma faixa de meia, e, acima da meia, um vislumbre de carne esverdeada.

Do joelho para cima, ele ainda estava no porta-malas e fora de visão, graças a Deus, mas, de alguma forma, eu soube imediatamente que era Konstantin Andreievich, o amigo desaparecido de Oleg Nikolaevich. Alcancei meu vizinho e parei ao lado dele; vi os fios brancos e finos no topo da sua cabeça abaixada e olhei para o chão com ele por três minutos ou um século; eu e ele, separados e juntos. Oleg Nikolaevich não olhou para cima nem para o lado, mas eu sabia que ele sabia que eu estava ali.

Por fim, eu disse:

— Terrível. Simplesmente terrível.

Ele ergueu os olhos para a frente e para mim, abriu a boca, engoliu em seco e olhou outra vez para baixo.

Havia cinco ou seis policiais ao redor do carro. Dois ou três falavam em telefones celulares. Usavam aquelas camisas azuis engraçadas — esticadas na barriga e elasticas em torno da cintura, com o revólver batendo contra a coxa —; é nesse uniforme que a polícia de Moscou investe durante o verão. Pareciam convidados em um lento churrasco russo. Do outro lado do carro, sentado no capô e fumando, estava o detetive adolescente com quem eu conversei e a quem me recusei a subornar alguns meses antes, enquanto tentava, embora não muito enfaticamente, ajudar Oleg Nikolaevich a encontrar seu amigo condenado.

— Oi — falei.

— Oi, homem inglês — disse ele. O detetive parecia contente em me ver. Usava jeans pretos, uma jaqueta de linho e uma camisa escura com o desenho de uma caneca de Guinness.

— Vocês sabem quem foi? — perguntei.

Ele riu. Sua acne havia piorado.

— Ainda não. Talvez amanhã.

— Por que eles deixaram o corpo aqui?

— Não sei — disse o detetive. — Provavelmente estavam tirando ele daí e alguém atrapalhou. Provavelmente acharam que era perigoso demais dirigir por aí com um velho no porta-malas. Talvez quisessem voltar mais tarde, mas não vieram. Parece que ele estava aí há um bom tempo. Talvez desde o ano passado.

Eu lembrei o que Steve Walsh me disse sobre o método com assassinos de aluguel amadores e profissionais. Perguntei ao detetive se ele achava que pode ter sido o caso com Konstantin Andreievich.

Ele pensou por alguns segundos.

— Pode ter sido algo assim — disse ele. — Foi um trabalho porco. Martelo, eu acho, ou talvez um tijolo. Quer ver?

— Não, obrigado.

Caminhei, distanciando-me um pouco, até a cerca do pátio da igreja. A grama amarela tentava ganhar a vida entre a lama. Telefonei para Steve.

— Ele está morto — falei.

— Você vai se atrasar? Pensei em irmos ao Alfie's Boardhouse depois. — O Alfie's era uma espelunca perto do zoológico, onde garotas russas fingindo ser putas, e putas fingindo não ser, dançavam nas mesas e eram cobiçadas por expatriados de meia-idade. Eu sempre gostei do Alfie's.

— Konstantin Andreievich — falei —, o amigo do meu vizinho. Ele está morto.

Contei a Steve sobre o pé e o martelo (ou tijolo).

— Eu falei que ele estava morto — disse Steve. E depois: — Provavelmente por causa do apartamento dele.

— O quê?

— O apartamento. Ele tem um apartamento?

— Sim — respondi. — Ele tem. Tinha.

— Então — disse Steve —, é isso. Essa é a história, estou te falando. É sempre pelo apartamento, exceto quando é por causa de bebida ou adultério. Alguém acabou com ele por causa do apartamento.

Os crimes envolvendo propriedades foram ainda mais brutais nos anos 1990, explicou Steve, com o tom de nostalgia que os veteranos em Moscou sempre usam para falar daquela querida época de pequenos roubos e luxúria. Depois do comunismo, o governo de Moscou vendeu por quase nada a maioria dos apartamentos na cidade, para quem quer que vivesse neles. Os esquemas começaram imediatamente, disse Steve. Às vezes, os vigaristas se casavam com as proprietárias e depois traziam seus primos ou irmãos de Rostov ou de qualquer outro lugar para se livrarem delas e herdarem o apartamento. Ou simplesmente torturavam as pobres fodidas para entregarem seus títulos e, então, dissolviam as mulheres em ácido ou jogavam seus corpos no rio Moscou.

— Mas, agora que a Rússia se civilizou — continuou Steve —, eles descobriram uma maneira mais limpa. Encontram algum solitário das antigas, acabam com ele e conseguem um juiz maleável para certificar que são os herdeiros legais do morto. E pronto: o apartamento é deles.

— Eles não precisam de um corpo? — perguntei. — Quero dizer, para provar que ele está morto. Não precisam que o corpo seja encontrado?

— Meu Deus, Nick, pensei que fosse você o advogado. Não, não precisam de um corpo. Na Rússia, depois de cinco anos de desaparecimento, você está morto. *Finito*. Mas... e essa é a parte bonita... um tribunal amigável pode declarar a morte de alguém seis meses depois do seu desaparecimento. O requerente só precisa mostrar que a pessoa desaparecida foi vista pela última vez em uma situação perigosa. O que não é difícil. Pode ser pesca no gelo. Pode ser nadar no rio estando bêbado. Pode ser pegar o cogumelo errado na floresta. Em seis meses, o cara está morto e o apartamento é deles. Quando Konstantin Qualquercoisaovich desapareceu?

— Não sei — respondi. — Não me lembro. Outubro talvez. Por aí.

— É tempo suficiente. E tempo suficiente para que eles vendessem o lugar.

Até aquele momento, eu acho que consegui dizer a mim mesmo, até onde realmente pensei sobre o assunto, que a coisa com Macha e Katia e Tatiana Vladimirovna não era tão terrível — que podia não ser legal, talvez até ruim, mas que não seria *tão* ruim. Não assim. Eu deveria ter escutado. Eu poderia ter adivinhado. Talvez eu tenha adivinhado e segui em frente como se não soubesse. Mas, quando Konstantin Andreievich colocou o pé para fora do porta-malas do Zhiguli e Steve fez seu breve resumo da história das fraudes envolvendo apartamentos, eu não podia fingir que não tinha entendido.

— Mas, para arranjar o juiz — falei —, os vigaristas precisariam de dinheiro, certo? Precisariam ter amigos. E se você não tiver? Quero dizer, os criminosos. E se eles forem pequenos, de outra cidade, apenas dois jovens?

— Existem outros métodos — disse Steve. — Você precisa ter alguém ingênuo, preferencialmente sem parentes. Precisa ter um pouco de paciência e de ingenuidade, suponho, mas ainda assim pode dar certo. Acontece por todo tipo de maneira. É o crime moscovita perfeito. Privatização mais preços de imóveis subindo como um foguete e nenhum escrúpulo é igual a assassinato. De qualquer forma, o que o faz pensar que eles são pequenos?

— Eu não acho — falei, retraindo-me. — Não sei. — Depois de alguns segundos, continuei: — Ele estava em um carro, Steve. Na minha rua. Na neve. Quero dizer, o carro estava na neve. Parece que ele esteve ali o inverno todo. Ele estava enterrado na neve.

— Fura-neve — disse Steve. — Seu amigo é um fura-neve.

É assim que eles chamam, Steve me explicou — é como chamam os corpos que aparecem com o degelo. Bêbados, principalmente, sem-tetos que desistem e se deitam na neve e a misteriosamente desaparecida vítima de assassinato. Fura-neve.

— Como eu te falei, Nicky — disse Steve —, quando o fim do mundo chegar, ele virá da Rússia. Escuta, você vai ao Alfie's?

Desliguei e voltei até Oleg Nikolaevich. Ele havia se ajeitado, mas não saíra do lugar.

— Oleg Nikolaevich — falei. — Sinto muito. Sinto muito mesmo.

— Deus está no seu céu — disse Oleg Nikolaevich, olhando o pé — e o tzar está longe demais.

* * *

Eu poderia dizer que foi minha consciência que me levou a fazer isso. Gostaria de dizer a você que foi minha consciência. Talvez até fosse consciência, e curiosidade e alguma coisa a mais, alguma coisa mais feia, um tipo de espanto com o que eu havia feito parte e um parente distante do orgulho. Eu também gostaria de poder dizer que o fiz imediatamente, que o fiz na mesma noite, a noite do pé. Mas a verdade é que não foi naquela noite e talvez nem mesmo no dia seguinte. No entanto, foi em pouco tempo, tenho certeza de que foi logo, em pouco tempo; em uma semana, talvez apenas uma semana, procurei Tatiana Vladimirovna. Embora não tivesse nenhuma certeza de que a encontraria.

Eu não havia falado com Macha e Katia desde o dia em que fomos todos ao banco para a contagem do dinheiro e a assinatura. Era uma coisa que eu não estava esperando — a do fim. Eu telefonei para o número de Macha várias vezes, mas só ouvia o sinal russo de um aparelho fora de serviço — três notas agudas, começando com um tom alto o suficiente para rachar vidros ou perturbar cachorros, que se tornava ainda mais alto — e uma desmoralizante mensagem de rede dizendo que aquele telefone estava desligado ou fora da área de cobertura. Tentei outra vez quando comecei a pensar na velha. No final, fui ao apartamento de Tatiana Vladimirovna e toquei a campainha.

Toquei por um minuto, talvez dois, em pé nas sombras do seu pátio, em um sábado quente e agradável. Finalmente, uma mulher japonesa abriu a porta; sorri para ela, entrei e subi a escada. Bati na porta de Tatiana Vladimirovna, baixo inicialmente, como se houvesse um bebê dormindo dentro da casa ou como se eu não quisesse realmente que quem estivesse lá dentro respondesse. Então bati mais e mais forte, mais e mais rápido, como se eu fosse a KGB em uma noite cheia de compromissos. Mas ninguém me atendeu, exceto uma mulher gorda e loura vestindo um robe e com bobes no cabelo, que rolou por metade da escada desde o andar superior, agarrou-se ao corrimão e me encarou até eu ir embora.

Na rua, esperei na calçada ao redor do lago. A essa altura, ele estava ressecado e empoeirado; uma poeira de um branco sujo e com gosto de giz, que se levantava em lufadas e sujava minhas calças. Caminhei até o metrô e passei pelas portas giratórias de vidro, as portas pesadas que se jogam de volta aos passageiros como suas histórias. Eu havia desistido de segurá-las, como fazia antes, para quem estivesse atrás de mim, soltando-as sem olhar e abandonando aquela chance gratuita de mostrar alguma compaixão naquela cidade de gladiadores.

Fui até Butovo pelo metrô: em teoria, teria havido tempo para que Tatiana Vladimirovna se mudasse para lá. Dessa vez, o motorista do táxi que peguei na estação era um uzbeque maluco e animado, que me explicou que em breve, a qualquer minuto, os mulçumanos se levantariam contra os russos e o resto para uma guerra final. Quando viramos a esquina na beira da cidade, vi que o outro lado da estrada se tornara uma selva, com árvores e arbustos rompendo sob a urgência do verão russo. Pude ver pessoas se enfiando pela floresta, entre as velhas casas de madeira, carregando bebês e garrafas. Estacionamos na frente do prédio, na Kazanskaia — o prédio de Tatiana Vladimirovna, de Stepan Mikhailovich, da MosStroiInvest ou de ninguém.

Toquei a campainha do apartamento onde estivemos no inverno, no painel dos interfones. Ninguém respondeu. Apertei todos os números ao mesmo tempo e em combinações ao acaso. Dessa vez, o truque não funcionou. Depois de um tempo, percebi que os fios que saíam do painel — um verde, um vermelho e um azul — pendiam desconectados. Bati meu punho na porta de metal. Atravessei a estrada e olhei o alto do prédio.

O sol estava atrás dele e precisei apertar os olhos. Até onde eu podia ver, não havia luz em qualquer lugar dentro dele. Olhei por um longo tempo para a janela do canto no sétimo andar, atrás da pequena sacada, que supostamente pertencia a Tatiana Vladimirovna. Nada parecia vivo atrás dela. Achei que podia ver os armários da cozinha na parede ao fundo, mas nenhuma outra coisa. A sacada estava vazia. Então, olhei mais para cima e vi que as janelas do último andar ainda não haviam sido colocadas. Um daqueles corvos gordos de Moscou estava empoleirado em um peitoril vazio no meio da cobertura.

Caminhei em direção à estação do metrô. Decidi — o que poderia me custar? — perguntar a alguém sobre o prédio. Eu sabia que nunca voltaria a Butovo. Passei pela grama crescida do pátio da *datcha* mais próxima e fui até a porta principal. Não vi o gigantesco cachorro marrom dormindo perto da pilha de lenha. Bati na porta. Um velhote apareceu — tinha talvez uns 75 anos, talvez 50 anos, era sempre difícil dizer. Ele usava um casaco de inverno, mas não calçava sapatos nem meias.

Pedi desculpas pela intrusão e perguntei se ele poderia me dizer alguma coisa sobre o novo prédio do outro lado da estrada.

— Não — disse ele.

— Nada?

Ele me analisou por alguns segundos, imagino que decidindo o tipo de imbecil que eu era. Tinha os olhos injetados, barba por fazer há uns três dias e dentes intermitentes.

— Eu acho — disse ele — que o dinheiro deles acabou.

— O dinheiro de quem?

— Eu não sei. — Ele sacudiu os ombros. — Dos chefes. Dizem que irão derrubá-lo.

— Quem disse isso?

— As pessoas.

— Isso significa que ninguém mora ali?

— Ninguém — respondeu ele. — Quero dizer, eu não sei. Quanto menos você sabe, melhor você dorme. — Ele me ofereceu um sorriso consolador e torto enquanto fechava a porta.

* * *

Eu tinha apenas uma vaga ideia acerca de onde Macha e Katia viviam, mas fui a todos os outros lugares em que podia pensar — ou quase todos. Se você me perguntasse na época, eu provavelmente diria que ainda procurava Tatiana Vladimirovna, mas essa era apenas uma parte, e nem a parte principal, verdade seja dita. Havia meu dinheiro, os 25 mil dólares, mas também não era isso realmente.

Primeiro, fui à loja de telefones celulares perto da galeria Tretiakov. Era um dia quente e a loja estava cheia de clientes superaquecidos, se abanando com folhetos com as ofertas especiais. A primeira garota com quem falei disse que Macha pedira demissão e que ela estava ocupada. O gerente disse que não, não tinham um endereço de contato de Macha, e me pediu para ir embora. Fui ao restaurante na Neglinnaia, onde encontrei Katia como garçonete na véspera de ano-novo. Eles tinham um monte de "Katias", brincaram; eu poderia escolher, mas aquela que eu procurava não trabalhava mais ali.

Depois de Odessa, eu tinha quase certeza de que Katia jamais, na sua vida, colocara o pé na MGU. Mas, de qualquer maneira, fui até lá, até a maníaca torre stalinista no alto das Sparrow Hills. Lembro que um jovem casal tirava suas fotos de casamento na esplanada que se estende na frente da universidade e que mostra a cidade, sobre o rio, o Kremlin, as igrejas e o caos. A noiva usava um vestido com tiras cor de merengue, muito menos recatado do que eu espero que seja o seu, se continuarmos juntos depois disso. Suas amigas eram coloridas como um pavão, o padrinho do noivo e os outros homens vestiam austeros ternos de gângsteres. Eles pareciam comoventemente condenados. Escutei os convidados gritando *Gorka, gorka* (amargo, amargo), que é a dica ritual para o casal se beijar e para que o beijo leve embora toda a amargura e torne sua nova vida doce. As estátuas na fachada da universidade, dos intelectuais heroicos brandindo livros, afagando globos e fitando com olhar idiota o futuro, lembrou-me das estátuas da estação Plochchad Revoliutsii, a plataforma onde vi Macha pela primeira vez. O guarda na entrada principal não me deixou passar ao saguão verde, embora eu não tivesse certeza do que faria se ele tivesse permitido. Fiquei na rua, perguntando a garotas bonitas em saias curtas e a rapazes de jeans baratos se conheciam Katia, até me sentir ridículo e humilhantemente velho. Um cara sobre patins quase me derrubou quando eu ia embora. A estrela no topo da espiral principal piscou sob a luz do sol feroz.

Telefonei para MosStroiInvest. Demorou um bom tempo — acho que estavam falindo —, mas, no final, consegui. Eles disseram que nunca ouviram falar de Stepan Mikhailovich ou de Tatiana Vladimirovna. Imaginei que Stepan Mikhailovich tinha um amigo na empresa ou entre os empreiteiros, alguém que pudesse ter lhe emprestado as chaves do prédio em Butovo. Talvez a ideia tenha começado aí, com a isca. Eles certamente tinham mais um ou dois amigos que prepararam os documentos falsos. Seria quase tudo do que precisavam, além de mim, para reunir os papéis verdadeiros para o apartamento de Tatiana Vladimirovna e mantê-la feliz. Eles devem ter pensado que dar a ela 50 mil dólares ajudaria a fazer a coisa toda parecer legítima.

O único lugar onde supus que poderia ter ido e não fui era à *datcha*, aquela que elas disseram que pertencia ao velho que trabalhava na ferrovia — aquela que tinha a *bania* do tamanho de um armário e o quarto mágico nos beirais; o lugar onde descobri que Macha e Katia não eram irmãs. De alguma forma, ela parecia simplesmente muito sagrada — uma lembrança que eu queria congelar no gelo do inverno, não embaçar no suor e na decepção do verão. Parecia muito. Talvez você pense que eu poderia ter ido à polícia, que eu deveria ter ido à polícia. Posso ver você pensando isso. Mas o que eu lhes contaria? O que tinha acontecido? Uma mulher vendera um apartamento. Algumas garotas haviam ido embora. Nada tinha acontecido. E, de qualquer forma, fosse o que fosse que tivesse sido feito, eu também o fiz.

Houve um momento, naqueles poucos dias em que eu procurava por elas, quando, por um minuto, pensei que tivesse visto Tatiana Vladimirovna. Ou talvez tenha apenas permitido ou me feito pensar que havia visto. Foi em Tverskaia, perto da praça Vermelha. Eu caminhava para um encontro com Paolo, um almoço nervoso na cafeteria de verão ou no terraço externo do conservatório. Pensei ter reconhecido sua silhueta de lançadora de peso, seu andar implacável — lento, mas determinado como um exército que avança — e seu cabelo com o corte de tigela "não estou nem aí", a cerca de 50 metros à minha frente na calçada. Parei subitamente, só por um segundo, depois corri. Mas a calçada estava cheia e havia uma aglomeração densa de turistas ao redor de uma banca que vendia camisetas de Lênin e bonecos de Stálin. Foi como em um sonho em que você corre e corre, mas, de alguma forma, parece não se mexer. No momento em que cheguei à esquina onde fica o prédio do Correio Central, eu a tinha perdido. Olhei sobre a parede baixa no topo da escada que leva à passagem subterrânea. Subi pela Tverskaia até a loja Levis. A velha havia desaparecido.

É possível que fosse ela — não estou dizendo que não era. Poderia ter sido ela. Possivelmente, ela está vagando por Moscou ou por São Petersburgo nesse momento, com 50 mil dólares em uma sacola de plástico e aquele sorriso infantil no rosto. Talvez eles tenham deixado as coisas assim. Afinal, eles tinham o apartamento dela e ela jamais conseguiria recuperá-lo. Os documentos estavam em ordem, graças a Olga. Não havia nada que a velha Tatiana Vladimirovna pudesse fazer sobre isso e ninguém a quem se queixar. Exceto a mim, talvez. Ela saberia onde me encontrar se procurasse por mim.

Mas ela nunca apareceu e duvido que eles desejariam vê-la parada na calçada provocando uma confusão ou apenas gastando o dinheiro extra que poderia ser deles. "Nenhuma pessoa, nenhum problema", dizia um velho ditado russo, e suspeito de que eles ajeitariam a situação para que não houvesse problemas. Não seria difícil, mesmo sem a neve. Nunca terei certeza, mas é o que penso.

Sequer tenho certeza de que a própria Tatiana Vladimirovna realmente esperou, em algum momento, se mudar para Butovo. Talvez ela nunca tivesse pensado realmente que colheria cogumelos na floresta, nadaria no lago, ligaria sua máquina de lavar e olharia os cimos da igreja de sua nova sacada. Não tenho certeza do que ela esperava, mas comecei a pensar que todo mundo sempre soube mais que eu, tanto Tatiana Vladimirovna quanto Macha e Katia. Que elas não me contaram como quem guarda um segredo sujo em relação a uma criança, até que já não é possível escondê-lo. Às vezes penso que, de uma forma bizarra, tudo pode ter sido, o tempo inteiro, uma conspiração contra mim.

Ou, talvez, não. Talvez, ao contrário — provavelmente ao contrário, sendo o mais honesto que sou capaz —, tenha sido uma conspiração minha contra mim para esconder a verdade. A verdade que ultrapassei os limites em algum lugar, em algum momento em um restaurante, no banco de trás de um táxi, embaixo ou por cima de Macha ou no elevador da praça Paveletskaia. De alguma forma, eu me tornei o tipo de pessoa que aceitaria a situação, fosse o que fosse; percebendo, mas não me importando se não fosse boa, preenchendo os formulários e sorrindo contanto que conseguisse o que queria. O tipo de pessoa que eu nunca soube que poderia ser até vir para a Rússia. Mas eu poderia ser, e fui.

Foi o que aprendi quando meu último inverno russo descongelou. A lição não era sobre a Rússia. Nunca é, eu acho, quando uma relação termina, sobre seu amante que você aprende. Você aprende sobre você.

Eu era o homem do outro lado da porta. Meu fura-neve era eu.

DEZESSETE

No final, sob a pressão dos banqueiros e dos nossos chefes londrinos, Paolo e eu fomos ao norte para verificar pessoalmente as operações petroleiras do Cossaco. Voamos de um terminal doméstico que lembrava um matadouro no aeroporto de Sheremetievo, em um avião que parecia unido com fita adesiva e esperança. A vista foi linda, a paisagem ártica: as florestas de pinheiros ainda estavam salpicadas com o gelo mais persistente do inverno, pequenos riachos corriam e espumavam entre as árvores e o mar era escuro e calmo.

O aeroporto mais próximo do terminal era em Murmansk, a cidade onde Macha e Katia disseram que haviam crescido. Eu não tinha notado a conexão até fazermos a viagem. Agora, olhando para trás, parece ao mesmo tempo adequado e doloroso que eu houvesse terminado ali. Naquele momento, fiquei animado, ainda que fosse tarde demais e as coisas houvessem se estragado. Fiquei animado para ver os parques onde elas poderiam ter passeado, as calçadas por onde caminharam, as paisagens que serviram como cenário para a vida delas. Meu avô também esteve ali, é claro, quando o inferno estava na terra. Mas acho que não pensei muito nele. Havia um grande memorial de guerra no limite da cidade, mas eu não o visitei. Não tive tempo.

A empresa responsável pelo projeto do Cossaco tinha um endereço, que a recepcionista do hotel explicou ser uma antiga propriedade do período soviético. Disse que ficava perto da roda-gigante que girava muito lentamente em um monte acima das docas. Telefonamos para a empresa, mas ninguém atendeu.

No segundo dia, Paolo e eu fomos por nossa conta até o lugar na costa onde, de acordo com Viacheslav Alexandro-vich, o petróleo seria muito em breve bombeado através de um oleoduto para o superpetroleiro. A estrada terminou algumas centenas de metros antes da costa. Saímos do táxi e caminhamos por uma trilha malfeita. Estava quente e havia mosquitos. Jogamos os paletós sobre os ombros e praguejamos. Em uma extensão plana perto da praia havia um poço quadrado, mais ou menos do tamanho de uma quadra de squash; barrento, mas seco, o tipo de lugar onde um sequestrador em um filme de suspense poderia manter uma mulher cativa. Mas não havia tubos, superpetroleiro nem petróleo. Não havia nada.

Paolo acendeu um cigarro e fumou-o em uma tragada. Ficamos ali, parados, por uns dez minutos, assimilando o quanto estávamos fodidos ou, pelo menos, foi como pareceu para mim. Então voltamos para o hotel e nos embebedamos.

Sentamo-nos no bar no último andar, administrado por um barman daguestanês e uma madame coreana. Bebemos por um longo tempo e bastante. Ali, no verão, era claro o dia inteiro e pela janela, às três da manhã, podíamos ver grous pousados ao redor das docas, em silhuetas como insetos paralisados contra as nuvens rosadas sentimentais, com gaivotas girando ao entorno deles. Não era realmente nossa culpa, dissemos um ao outro. Fizemos toda a papelada corretamente. Talvez tivéssemos dado ao Cossaco um pouco mais de liberdade do que ele merecia. Talvez minha cabeça tivesse devaneado em alguns momentos. Mas não éramos engenheiros nem investigadores particulares: éramos apenas advogados. Basicamente, concordamos, simplesmente fomos azarados ao ficarmos expostos quando o Kremlin mudou as regras — quando alguém decidiu que, na verdade, administrar negócios e obter lucros mês a mês dava trabalho demais e que seria mais fácil, em vez disso, apenas extorquir os bancos.

Seja como for, sabíamos que isso grudaria em nós para sempre. Nada de sociedade para mim, provavelmente uma demissão para Paolo, nenhum bônus e, muito provavelmente, Moscou chegara ao fim para nós. A falta de limites chegara ao fim.

— Malditas Ilhas Virgens Britânicas — disse Paolo. Eu podia ver uma estátua de Lênin coberta com cocô de pássaro na praça lá embaixo. — Maldito Cossaco. Maldita Rússia.

Suas pupilas tinham se encolhido em pontos negros ferozes. Mais tarde, eu me perguntei sobre Paolo — perguntei-me se, apenas talvez, ele tinha, de alguma forma, se envolvido nisso. Pensei em como ele se comportou com o Cossaco, nos momentos em que pareceu irritado e naquele encontro na Narodneft na véspera de ano-novo, quando aprovamos o empréstimo, tentando lembrar algum momento ou pistas que eu posso ter perdido. Mas não ajudou muito, nem o suficiente.

Bebemos a nós, a Moscou e ao presidente traiçoeiro. Paolo levou uma das colegas roliças da madame coreana para seu quarto para se consolar. Eu fiquei deitado na minha cama, olhando o ar leitoso do Ártico. Senti vontade de chorar, mas não chorei.

Algumas horas mais tarde — não tenho certeza de que horas eram; eu ainda estava bêbado e sentindo um tipo estranho de leveza, a leveza de não ter nada mais a perder —, eu me levantei, saí do hotel e caminhei em direção aos grous e às docas. Atravessei uma linha ferroviária por uma passagem para pedestres, grafitada, e cheguei a um cais para cargas. Ouvi música e vi uma cafeteria aberta um pouco à frente ao longo da água.

O piso do lugar era de azulejos e havia um balcão e um único ser humano, um homem gordo usando um avental e com mãos repletas de tatuagens.

— Bom dia — falei.

— Estou escutando — disse ele.

— Café, por favor.

Ele colocou com uma colher pequena um pouco de Nescafé em uma xícara e gesticulou para um recipiente com água quente no final do balcão. Mexi o café e me sentei. O café cheirava a petróleo. Uma geladeira antiga zumbia de maneira sinistra.

Eu me lembrei do que Macha me disse sobre seu pai. Eu perguntei ao proprietário do café:

— Essa é a base dos quebra-gelos nucleares?

— Não.

— Onde eles estão?

— Do outro lado da baía. Há uma instalação militar separada. É secreta. — Eles mantiveram os submarinos por lá também, ele me disse. Ficava onde eles rebocaram o submarino que afundou alguns anos antes para procurarem os corpos dos pobres rapazes inchados. Eu percebi que ele queria conversar, mas precisava fingir que não queria.

— É ali onde fica o *Petrograd*?

— Qual?

— O *Petrograd*. É um quebra-gelo.

— Não. Não tem nenhum *Petrograd*.

— Sim, tem. Tenho certeza. Quero dizer, eu acho que tem... Ou talvez tinha, mas eles o tiraram de serviço?

— Não — disse o gordo. — Não tem *Petrograd*. Trabalhei naquela base durante 25 anos. Eu era mecânico. Não tem nenhum *Petrograd*.

Envolvi meu copo de café. Minhas mãos tremiam. Eu me lembrei de outra coisa que Macha me contou sobre sua infância em Murmansk.

— Me diga... — falei. — A roda-gigante a grande roda-gigante. — Fiz um gesto sobre meu ombro na direção do monte onde ela ainda estava. — Nos anos 1980, ela era cara? Quero dizer, era cara demais para algumas crianças?

— Ela não estava lá nos anos 1980 — disse o homem gordo. — Eles a montaram em 1990. Foi a última coisa que a União Soviética fez por nós. Eu me lembro porque me casei naquele ano. Depois que assinamos o registro, passeamos

247

na nova roda-gigante. — Ele olhou o chão por um segundo; talvez ternamente, talvez pesaroso, eu não saberia dizer. — Custava 20 copeques — disse ele. — Mas ela não estava ali nos anos 1980.

* * *

Narodneft negou qualquer responsabilidade em relação ao esquema do Cossaco. Eles prometeram apenas bombear o petróleo e pagar as taxas, assinalaram, depois que o terminal estivesse concluído. Sua inclusão na bolsa de valores foi adiada. Os vários ministros a quem peticionamos nos mandaram à merda, mas de um jeito menos polido. Nunca mais ouvimos falar de Viacheslav Alexandrovich, o supervisor. Eles provavelmente o convenceram a aderir, provavelmente naquela primeira vez em que ele desapareceu e voltou a nós com seu relatório falso. Talvez tenham sido ameaças, talvez dinheiro, talvez mulheres, provavelmente os três. Não posso culpá-lo. Da perspectiva da nossa firma, o único consolo era que nosso desastre ártico fora engolido pela enxurrada de notícias ainda piores vindas da Rússia: as grandes expropriações em Moscou, os tanques no Cáucaso, o pavor e o ressentimento que irrompiam no Kremlin e pareciam se espalhar pela praça Vermelha e por todo o maltratado e deslumbrante continente russo. Tivemos alguns parágrafos no *Wall Street Journal* e no *Financial Times* e uma menção honrosa em uma reportagem que Steve Walsh escreveu sobre banqueiros ingênuos no Oriente Selvagem.

Pouco tempo depois, os russos e os americanos começaram a se entender outra vez, o Kremlin adiou as eleições e a maioria dos estrangeiros começou a se dirigir aos aeroportos, de qualquer maneira. Mas eu acho que Paolo teria continuado na Rússia se a empresa não o tivesse demitido em uma tentativa de pacificar os banqueiros. Ouvi dizer que ele se mudou para o Rio.

Em vez de ser despedido, fui chamado a Londres para trabalhar na divisão empresarial do escritório principal, nas análises que precedem contratos, como você sabe: para me sentar nos porões das empresas que estão sendo compradas ou vendidas, analisar arquivos e nunca, sob qualquer circunstância, falar com clientes; um pouco como ser renomeado agente de trânsito depois de ter sido detetive. De volta à vida magra que tenho agora. As velhas amizades universitárias que são apenas obrigações e desconfortos, o emprego que está me matando. Você.

Acho que eu poderia simplesmente ter me demitido, ficado em Moscou e possivelmente tentado um emprego com algum magnata do aço promissor ou um barão do alumínio, se eu ainda tivesse Macha. Eu sabia que ela não me amava realmente — ela não precisava me amar. Eu teria seguido em frente, acho, vendo-a duas vezes por semana, levando-a para casa duas vezes por semana, sabendo que não havia outro eu, nem um eu melhor, que eu poderia ser em outro lugar, ancorado em Moscou pela inércia pesada ou me aproximar da meia-idade. Não acho que teria me preocupado muito sobre o quanto do que ela me contou foi verdade nem sobre o que ela fez. Eu poderia ter vivido sem Tatiana Vladimirovna. Eu poderia ter dado um jeito de esquecê-la. Portanto, afinal, acho que Macha era melhor que eu. Tinha Serioja, então tinha uma desculpa melhor. E ela pelo menos agiu como se tivesse feito algo errado. Não sei quem estava no comando da operação, mas espero que ela tenha ficado com uma parte decente do dinheiro.

Poucos dias antes de deixar a Rússia, fui mais uma vez ao antigo apartamento de Tatiana Vladimirovna. Foi a última vez e, para ser sincero, acho que foi mais por nostalgia que por qualquer outra coisa mais moral ou nobre. Apertei números ao acaso no interfone que ficava no pátio até alguém abrir a porta. Subi as escadas para o apartamento dela. A porta fora acolchoada com couro marrom desde a última vez em que eu a vira, e uma câmera de segurança assustadora fora instalada no canto superior à esquerda, acompanhando-me enquanto eu me aproximava da soleira como se estivesse pronta para me fulminar com um laser. Toquei a campainha, escutei os passos, senti o olho me espiando através do olho mágico e ouvi três ou quatro trincas sendo giradas e uma fechadura sendo aberta.

Ele usava um quimono de seda e tinha um creme verde espalhado pelo rosto e, a princípio, não o reconheci.

— Desculpe... — falei em uma voz que sumia enquanto eu tentava situá-lo. Eu sabia que o vira antes, mas não conseguia lembrar onde o conheci. Pelo trabalho talvez, pensei, ou em alguma festa; talvez naquela única vez em que estive na embaixada britânica para o coquetel que fizeram para celebrar o aniversário da rainha.

— Sim?

— Desculpe...

Eu podia ver tédio e uma pequena ansiedade competindo na sua testa enquanto ficamos ali, ambos esperando que eu terminasse minha frase. Então, percebi. Era o russo em casaco de camurça que saía do apartamento de Tatiana Vladimirovna quando eu chegava, alguns meses antes. Seu cabelo ainda estava impecável. Espiei sobre seus ombros de seda e vi que o candelabro siberiano sumira e as paredes do corredor foram pintadas em um tom verde como grama. O eterno piso de parquetes ainda estava ali. Escutei uma torneira correndo e um rádio tocando. *Eles o venderam antes de o roubarem dela*, pensei.

— Eu queria perguntar se você sabe onde está a velha senhora, aquela que morava aqui antes? Onde está Tatiana Vladimirovna?

— Não — disse ele. — Eu não sei. Lamento.

Ele sorriu e fechou a porta lentamente.

Saí e parei à margem do lago. Pensei em tentar mais uma vez o número de Macha, uma última vez. Dessa vez, tocou, tocou e tocou, mas não caiu na mensagem automática de falta de serviço. Tocou, tocou e tocou, e, então, ela atendeu.

— Alô? — disse ela naquele jeito impaciente, "tempo é dinheiro", que os russos têm.

Não parecia Macha e demorei alguns segundos para compreender. Era Katia.

— Alô?

— Katia?

Ela ficou em silêncio. Uma garrafa foi quebrada em algum lugar do outro lado do lago, perto dos animais de fantasia ao sol. Imagino que deve ter sobrado algum crédito que elas não queriam desperdiçar. Imagino que pensaram que eu ou qualquer outra pessoa que tentaram despistar e com quem não queriam falar teria desistido àquela altura e que poderiam voltar a usar o número com segurança.

— Katia, sou eu, Kolia.

Ela continuou em silêncio. Então:

— *Da*, Kolia.

— Como você está?

— Normal.

— Posso falar com Macha?

— Não, Kolia. Não é possível. Macha foi embora

— Para ver Serioja? — perguntei em uma voz que não parecia minha. — Ela foi embora para ver Serioja?

— *Da,* Kolia. Para Serioja.

Eu não havia pensado adequadamente sobre o que eu queria dizer, o que eu queria tirar disso. Eu podia ouvi-la quase desligando o telefone

Voltei ao começo.

— Por que eu, Katia? Por que vocês me escolheram?

Ela parou, suponho que tentando descobrir se lhe custaria alguma coisa me dizer a verdade. Ela deve ter decidido que não havia nada que eu pudesse fazer contra elas.

— Você nos observou muito tempo, Kolia. Em metrô. Nós vemos que você era fácil. Temos outras possibilidades. Mas então vemos que você é advogado. Para nós, foi muito interessante, muito útil. Além disso, estrangeiro é bom. Mas poderia ter sido outra pessoa. Só precisamos de alguém em quem ela pudesse confiar.

— Então, isso foi tudo? Para Macha, quero dizer. Isso foi tudo. Apenas útil.

— Talvez não tudo, Kolia. Talvez não. Eu não sei. Por favor, Kolia. — Ela ainda parecia a mesma pessoa; meio criança, mas muito cansada. — Eram negócios — disse ela. — Só negócios.

— Por que o dinheiro também? — perguntei. — Por que vocês pegaram meu dinheiro?

— Por que não?

Lembro que não fiquei tão furioso quanto desejei.

— Quando eu vi você no restaurante uzbeque; você sabe, no inverno... Por que você não quis que eu contasse a Macha?

— Fiquei preocupada que talvez ela tenha raiva. Ela pense que talvez você percebe que tudo não era verdade. Para mim, não é bom quando ela tem raiva.

— Vocês são mesmo primas, Katia? Conte-me. Vocês são realmente de Murmansk? Quem é Stepan Mikhailovich?

Isso não é importante.

Havia apenas mais uma coisa.

— Onde ela está? — perguntei. — Onde está Tatiana Vladimirovna?

Ela desligou.

* * *

Na tarde antes de partir, o último dia dos quatros anos e meio que parecem uma vida inteira, fui à praça Vermelha. Contornei o Bulvar, passando pela cafeteria de verão e pelas tendas que vendem cerveja a caminho da praça Puchkin. Depois caminhei pela Tverskaia e pela passagem subterrânea sob a louca avenida de seis pistas. Um pequeno grupo de comunistas duros de matar, com bandeiras surradas com imagens do martelo e da foice e sobrancelhas selvagens, fazia uma manifestação, escoando desde a direção do *showroom* da Ferrari e da estátua de Marx. Havia cerca de trezentos policiais militares; a maioria estava sentada nos engraçados ônibus vacilantes em que sempre circulam, alguns, do lado de fora, fumavam e batiam seus cassetetes contra os próprios escudos. O Lênin impressionista tinha sua foto tirada com um grupo de empresários chineses.

Passei pelos portões. À minha frente, os domos de faz de conta de São Basílio se elevavam sobre o calçamento. Além do mausoléu asteca, as estrelas gigantescas das torres do Kremlin reluziam ao sol, vermelhas como sangue. Era o ápice do verão, porém mesmo assim você podia sentir o inverno se recuperando em algum lugar do outro lado do rio Moscou, se preparando para seu retorno. Você podia sentir o frio germinando no calor. Parei no meio da praça, sentindo o gosto do ar e da cidade, até que um policial se aproximou e mandou que eu continuasse a andar.

Você quis saber por que eu não lhe contei sobre a Rússia. Em parte, é porque parece ter acontecido há tanto tempo e ser algo tão distante; minha velha vida sem cinto de segurança, muito difícil de explicar a qualquer outra pessoa, é tudo muito pessoal. Acho que talvez isso seja verdade em relação a toda a nossa vida. Ninguém pode viver a sua exceto você, quer você viva em Chiswick ou Gomorra, e há apenas um objetivo limitado em tentar revivê-la com palavras. E, em parte, é que, pela maneira como terminou, pareceu melhor deixar que aquela história morresse. Eu não achei que conseguiria contá-la até agora, portanto simplesmente fiquei em silêncio.

Mas não foi só isso. Como estou sendo sincero, ou tentando, como estou lhe contando quase tudo, devo contar a você a outra razão, talvez a razão principal. Você decide o que fazer.

É claro que, quando penso a respeito, existe culpa, existe alguma culpa. Mas, sobretudo, há perda. É o que realmente machuca. Sinto falta dos brindes e da neve. Sinto falta do movimento do néon no Bulvar no meio da noite. Sinto falta de Macha. Sinto falta de Moscou.

Este livro foi composto na tipologia Minion Pro
Regular, em corpo 11,5/16, e impresso em papel
off-white no Sistema Cameron da Divisão
Gráfica da Distribuidora Record.